Royal Highness Princess
seems to be angry
author
八ツ橋 皓
illustration
凪白みと
お怒りのようです
4.
交錯する記憶

ぱっくりと口を開けている
大地の空白から
甲高い雄叫びが上がり、
光り輝く無数の白竜が
その身を地上に晒した。

「なるべく一か所に全員を追い込め！
他の者は速やかに連中を包囲しろ！」
エーデルハルト＝ノウル＝
アレスター＝プラティナ

# 王女殿下はお怒りのようです

4．交錯する記憶

八ツ橋 皓

OVERLAP

Royal Highness Princess
seems to be angry

# 4.
# 交錯する記憶

CONTENTS



イラスト ― 凪白みと

# CHARACTER

Royal Highness Princess
seems to be angry

ジーク・ヴィオリス
ルクレツィア学園に通う唯一の平民。ドロッセルとは友人関係にある。
ドロッセル＝ノア＝フィリアレギス
（レティシエル・リジェネローゼ）
フィリアレギス公爵家の次女。千年前のアストレア大陸戦争時の記憶を持つ。
ロシュフォード＝ベルアーク＝アレスター＝プラティナ
プラティナ王国の第一王子。とある事件で昏睡状態になり、現在は療養中。
クリスタ＝アマリリス＝フィリアレギス
フィリアレギス公爵家の三女。ドロッセルの双子の妹。
ルヴィク・レイン
ドロッセルが六歳の時から彼女に仕えている専属執事。
エーデルハルト＝ノウル＝アレスター＝プラティナ
プラティナ王国の第三王子。常日頃から各地を飛び回り、王都にほぼ寄り付かない。
サリーニャ＝ミレーヌ＝フィリアレギス
フィリアレギス公爵家の長女。何かとドロッセルにちょっかいをかけていたが……。
ニコル・ラベンデル
ドロッセルがかつて助けた侍女。今はドロッセルに仕えている。

# 序章　精霊会議

海に浮かぶその小さな孤島は、辺り一面に輝く金色の樹木に覆われていた。ここはアストレア大陸の遥《はる》か西の海上、光と無属性の精霊たちが住む西の里である。

島の中心、里の中央にはひときわ大きい黄金の大樹がそびえ、キラキラと光る金色の葉が舞い散っている。

その根元には人が通れるほどの穴があり、そこから二人の精霊が出てきた。一人は灰色の髪の女性、もう一人は白髪の男性で、肩にはフェレットのような白い霊獣が乗っている。

「途中で抜けてきちゃってよかったの？」

「ふん、どうせ私たちがいたところで何の役にも立つまい」

男性の言葉に、女性は苛立《いらだ》ちを隠そうともせずそう言い捨てた。

この大樹は里における集会場のような場所でもあり、今も里の長老たちが中で精霊会議を開いている。

長老になるには年齢が若すぎる二人が会議に呼ばれたのは、そもそも年齢的に会議に出席できない幼い双子の精霊王の親であり代理者だからである。

我が子たちが人間界で見聞きしてきたことを報告する役割は果たしたのだから、あとは長老たちが好き勝手に話し合えばいい、と忌々しそうに言う女性に男性は笑う。

「君は相変わらず会議が嫌いだね」

「あなたも好きではないだろう」

「そうだね。座り疲れて腰が痛いよ」

「この軟弱ものが」

黄金の大樹の周りには透明な湖が広がっている。湖にかかる橋を渡りながら、二人は自分たちの暮らす里に戻る。

「そういえばティーナとディトはどうしてるかな？」

「大方宿題でもやっておとなしくしているだろう。それより、会議が終わったら何らかの指示が出るはずだから備えておけ」

「わかってるよ」

二百年ぶりにようやく誕生した光と無の精霊王が、人間と軽々しく交流をすることに非を唱える者は少なくないが、そのことについて双子を責める者はいない。

それだけ二人が人間界から得てきた情報は価値あるものだった。会議の場でも、ようやく奴《やつ》らのしっぽをつかめたと、長老たちは嬉《うれ》しそうにしていた。

「十二年ぶりの手掛かりか……。あの事件以降なかなか捕まらなかったからね。なんて言ったかな？　事件が起きた街。確か、カランフォードだったっけ？」

「人間の街に興味はない」

今から十二年前、人間界にある一つの街の沖合で大規模な黒い霧の爆発が起きた。精霊が白の結社という組織にエンカウントしたのは、その爆発の調査を行っていたときだった。精霊と黒い霧の関係や確執を語り始めたらきりがないが、あれは太古の昔に精霊が封じたものだ。その危険性については十二分に理解しているし、それを世界に解き放とうとしている者を野放しにしておくことは到底できない。

「でも、あんまり嬉しそうじゃないね。まだ何か、気になることがあるって顔してる」

「……そういうあなたこそ、人のこと言えないんじゃないか」

「うん、お互い様だね」

しかし白の結社とは別に、二人には気になっていることがあった。

「霊獣、あれを映せ」

「キュ」

女性が言うと、男性の肩に座っていた守護霊獣は短く鳴いて虚空を見上げる。金色のその瞳がぼんやりと光り輝き、何もない空中に映像が浮かび上がった。

守護霊獣とは、幼い精霊王たちのお目付け役のためだけにいるのではない。精霊王を守り、その力を強化し、覚醒を補助すると同時に、その瞳は映像情報を記憶する記録端末でもあるのだ。

霊獣の目から映し出された映像には、赤と青のオッドアイを持ち、白銀の髪をなびかせた少女が蒼《あお》い炎の弓に矢を番《つが》えている姿が映っている。

「これ、結局さっきの会議では見せるタイミングがなかったね」

「報告はしたんだ。こんなもの、いつでも流そうと思えば流せるだろう」

「それもそっか」

二人は現場を目撃したわけではないが、画面越しでもその場に荒れ狂う魔素の渦が感じ取れる。

その膨大な魔素を束ね、利用してコントロールして、これだけ大規模な魔術を展開できるこの少女の演算能力は計り知れない。

「今のご時世、人間界で魔術の技術は喪失して久しいはずなのにね。この子はどこでこんな力を手に入れたのかな？」

「……」

少女の話題を上げると、女性は露骨に不機嫌そうな表情を浮かべた。彼女はかつて、この少女に自分の術を防がれたことがあるから、心中複雑なのだろう。

それに、女性は今でも精霊王である我が子をたぶらかした人間として少女に警戒心を抱いているのだ。こういう反応になるのも仕方ない。

「あのとき、不本意ながら一緒に戦ったときから気になっていたけど、もしかしたら今後精霊側から何か接触があるかもね？」

「……ふん」

「あれれ～？」

ニマニマと笑いながらからかうようにこちらの顔を覗《のぞ》き込んでくる夫に、女性は小さく鼻を鳴らすとそのまま早足で去っていく。

「アハハ、実は結構気になってるくせに、ホントわかりやすいなぁ」

そして男性は遠ざかる妻の後ろ姿を見つめながら楽しそうにそう呟《つぶや》くのだった。

# 一章　ニルヴァーン王立図書館にて

謎の白マントの男の襲撃から数日、今日も変わらずに日常は巡り、フィリアレギス公爵家の家紋が描かれた簡素な馬車が、朝のルクレツィア学園の正門をくぐる。

その馬車の中で、レティシエルは頬杖《ほおづえ》をつきながら外の景色を眺めていた。襲撃があったからとて何かが変わるわけはなく、今日も例に漏れず学園がある日だ。

いつも通り馬車を降りた後、レティシエルは真っ先に別館の大図書室に足を向ける。普段から頻繁に利用している場所だが、今日は別の目的がある。

「……」

ポケットに手を突っ込み、レティシエルは一つの箱を取り出す。いつぞやに時計を修理したお礼としてもらったオルゴールである。

『一度鑑定してもらったほうがいいですよ。大図書室のデイヴィッドさんがそういうものに詳しいと思うので』

数日前のエディの言葉を思い出し、レティシエルはオルゴールの箱をコロコロ転がして観察してみる。

何の変哲もない四角い箱に、金色のねじがついているだけのシンプルなデザイン。強いて変わったところをあげるなら、せいぜい箱の裏に白い三角形が描かれているくらいだ。

（……うん、普通のオルゴールだわ）

レティシエルには特に何か力が宿っているようには感じられないのだが、エディはこのオルゴールに何を見出《みいだ》したのだろう。

「おはようございます、デイヴィッドさん」

大図書室の扉を開けると、カウンターの内側にデイヴィッドの姿を見つけた。

普段と変わらない様子で出迎えてくれるデイヴィッドに、レティシエルは少し安心しながら手に持っていたオルゴールをカウンターに置く。

「実はこのオルゴールについて相談があるんです」

「ほう、これですかえ?」

「ええ。この前、知人にこのオルゴールを鑑定してみたほうがいいと言われて、デイヴィッドさんがそういうことに詳しいと聞いたので」

レティシエルの説明を聞き、デイヴィッドはカウンターに身を乗り出すと、まるで割れ物を扱うようにそっとオルゴールを持ち上げる。

「……うんにゃ、確かにこれは少々特殊なもののようですのう」

上下左右からオルゴールをじっくりと観察し、デイヴィッドはうなるようにそう言った。長くふさふさの眉に隠れているが、彼が目を見開いていることは気配で感じる。

「ふむふむ、そういうことならこちらで引き取りましょう」

「ありがとうございます」

これで当初の目的はあっさり達成してしまったが、レティシエルはここに来るまでずっと気がかりだった疑問をデイヴィッドに尋ねてみた。

「あの、このオルゴールは結局どこが特殊なのですか？」

「封印がされておるんじゃ。見た感じでは……そこそこ新しいものじゃのう」

「……封印？」

「ともかく、オルゴールについてはワシがちょいと調べてみますわい」

そう言い終わるや否や、デイヴィッドは早速どこかから虫眼鏡を持ち出し、穴が開きそうなほどオルゴールを凝視し始めた。

「ふむ……封印されたのはつい最近……でも一回目ではないのう……もとあったものが解除されて再封印したのか、それとも別の理由が……」

すぐにぶつぶつと呟き声が聞こえ始めた。レティシエルはしばらくデイヴィッドの様子を見ていたが、どうやらデイヴィッドはすでにオルゴールに集中しているようだ。

「……コレがこんな形でここに来るとは数奇なものじゃのう」

邪魔するのも悪いし、自分もいつものように本を探そうか、とレティシエルがカウンターに背を向けたとき、背後からポツリとデイヴィッドの小さな呟きが聞こえてきた。

思わずレティシエルはデイヴィッドを振り返った。今の言葉はどういう意味なのだろう。もしかして、あのオルゴールについてデイヴィッドは何か知っているのか。

「……？　デイヴィッドさん、今のはどういう……」

「ではワシはちとミュージアムに行ってきますわい。調査は早くに始めたほうがいいですからのう」

しかしデイヴィッドはその声が聞こえなかったのか、そのままチョコチョコと大図書室から出ていってしまった。

結局話を聞くタイミングを逃してしまい、レティシエルはひとまずこの疑問を呑《の》み込むことにした。なんとなく気になるが、無理に聞き出すこともないだろう。

とりあえず当初の用事はひとまず済んだので、レティシエルはいつものように読書をしようと本棚に向かう。

本棚の間を練り歩いて本を選んでいくレティシエルだったが、お目当ての本のうちの一冊が本棚の最上部にあるのを見つける。

本当は魔術で取れれば早いのだが、大図書室を使い始めたばかりの頃に一度それを試そうとしたところ、なぜか魔術の制御がうまくいかず、本棚の本を盛大にぶちまけてしまったことがあるのだ。

だから以降は脚立を使うようにしているのだが、周囲を見回してみてもそれらしいものは見当たらない。どうやらこの付近にはないらしい。

仕方ないので脚立を探しに行こうとすると、ちょうど背後から誰かの手が伸びてきて、代わりに本をとってくれた。

「あら、ジーク」

振り返ると、そこにはジークの姿があった。彼もまた片手に数冊の本を抱えており、調べ物の最中かと思われる。

「この本でよかったですか？　取りたそうにしていたので」

「ええ、合っているわ。ありがとうございます」

差し出された本を受け取り、レティシエルは微笑《ほほえ》んでジークに礼を言う。

「こんな朝早くにジークが大図書室に来るなんて珍しいですね」

普段からジークも図書室を利用しているが、いつもは機械室や自分の研究室に寄ったりしてある程度日が高くなった頃に来ているのだ。

「父さんの手紙のことを考えると、なんだかジッとしていられなくて」

「なるほど」

少し前、学園祭のときにジークが受け取った父親の手紙はレティシエルも内容を知っているが、あれは確かに大変気がかりである。

手紙に同封された謎の車輪の紋章、その紋章を身にまとった青年による襲撃、さらには課外活動で遭遇した黒い霧の力。

数日前にレティシエルが戦った青年が黒い霧を使役していたことから、これら三つの手掛かりは全てつながっていることはわかったが、黒い霧の正体や紋章の実態など、肝心なことは何一つわかっていないのだから。

「何か情報はありました？」

「いえ、それがさっぱり何も……。目ぼしい資料は全て読んでみたのですけど、そう簡単にはしっぽをつかませてはくれないみたいです」

そう言ってジークは肩をすくめて苦笑する。確かにそれだけ情報が出回っているなら国のほうで何か対策しているはずだし、そもそもオズワルドが魔術に頼っても来ないだろう。

（……黒い霧の力に関係がありそうなラピス國《こく》の情報もほとんどないし）

それについてはレティシエルもかつて情報収集しようとしたときに直面したことなので、ジークの気持ちはよく理解できる。

調査は続けなければどのみち前には進めないけど、調べるにしても今の方法では効率が悪い。この大図書室の本にも限りはあるし、蔵書が尽きてしまえば……。

「……そうだ。ジーク、今度一緒にニルヴァーン王立図書館に行きません？」

しばらく考え込んでいたレティシエルだったが、やがてポンと手を打つとジークにそんな提案を持ち掛けた。

「……？　王立図書館、ですか？」

「ええ。あそこは国内で最も蔵書量が多い施設だし、ここにはない資料もそろっていると思うわ」

学園の大図書室でほしい情報が見つからないなら、ここより資料が多く、なおかつ幅広いジャンルを網羅している場所に行くしかない。

「確かにそうですね」

「それに証明証もありますし、もう少し有力な情報が見つかるかもしれません」

そう言ってレティシエルは亜空間魔術を発動させると、そこにずっとしまっていた小さなエンブレムを取り出す。

丸い金属プレートの上にはダイヤモンドのように輝く透明な石がはめ込まれており、石の部分には金色の目立つ文字で『全書閲覧権利証明証』と書かれている。

かつて第一王子ロシュフォードによる事件のあと、国王オズワルドとの交渉の末にレティシエルが手に入れたものだが、思えばちゃんと活用できないまま今日まで来てしまっていた。

「しかし……それはドロッセル嬢お一人に許可されたものでは？」

証明証を見つめながら、ジークはどこか申し訳なさそうにそう聞いてきた。証明証を持たない自分が、レティシエルのそれに便乗して良いのか気にしているらしい。

「一緒に謎を解明しようと約束したのだから、このくらいは当然です。それに、別に陛下もこれが私にしか認められない権利だとは言っていません。むやみに吹聴《ふいちょう》して回らなければ大丈夫ですよ」

そもそも、レティシエルは何度か王立図書館に行ったことあるが、あそこはこの証明証がなくとも事実上ほぼ全ての蔵書が読める。

秘書庫という、一般開放も貸し出しも許されていない場所はあるが、それも事前の申し込みと厳密な審査さえ通れば、一応形式上は誰でも入れるのだから、ジークが一緒に来ても困ることはないはずだ。

「……ありがとうございます、ドロッセル嬢。ではお言葉に甘えさせていただきます」

それでもジークはしばらく悩んだが、やがてレティシエルの提案を了承した。

こうして二人は、今度の休日に一緒にニルヴァーン王立図書館に行くことになった。

＊＊＊

休日を利用して、レティシエルはジークと一緒に街に出かけた。もちろん休日に制服で街をうろついていたら目立つので私服である。

目的はもちろんニルヴァーン王立図書館だが、ただ図書館に行くだけというのもつまらないので、ついでに街を少し見て回ることにした。

（……？　なんだか賑《にぎ》やかなような……？）

ルヴィクの買い出しなどに同行してレティシエルも何度か街に来ているが、その日の街はどこかいつも以上に活気づいている気がする。

「どうかしました？」

「いえ、なんだか街の人々の様子がいつもと少し違う気がしまして」

「あぁ、記念祭が近いですからね。久々の祭りだから、みんな浮足立っているのだと思いますよ」

「……お祭り？」

レティシエルの感覚だと、祭りと言われると収穫祭しか思いつかない。記念祭とやらは、一体何を記念する祭りなのだろう。

「今年はちょうど大陸暦１０００年ですから、王国の伝統に従って建国記念日に記念祭が開かれるんですよ。ご存じなかったですか？」

「……………」

スッとジークから視線を逸《そ》らすレティシエル。そんなイベントがあるなど、というかそもそも暦の話からして初耳だった。

転生して半年以上が経《た》っているのに暦の存在を知らないなんてどういう状態なのかと突っ込まれそうだが、事実レティシエルがこれまで大陸暦という単語に出会ったことはなかった。

あれだけ大図書室に入り浸っていれば一度くらい見たことがありそうなものだが、レティシエルが読んでいたのは学術書ばかりで、歴史書はそれこそ転生直後に数冊読んだ程度だったので、本当に見たことがないのだ。

（……あとで調べよう）

多分、おそらく、この世界では常識中の常識だろうし、大陸暦とは何か、なんて今更ジークにもさすがに聞きづらい。

ニルヴァーン王立図書館に着いたらこっそり調べよう、とレティシエルは内心で固く決意した。

そのニルヴァーン王立図書館は、大通りに面した五階建ての巨大な建物だった。白い柱が等間隔で立ち並ぶ円柱型の白亜の本館と、その左右に連結した三階建ての別館二つで構成されている。

「意外と人が多いですね」

「休日ですから仕方ないですよ」

開館時間直後の早朝にもかかわらず、館内にはすでにかなりの人々がいた。席が埋まっていないうちにレティシエルは座席を確保し、それから資料を探しに行った。

秘密結社や魔法についての資料をかき集めながら、レティシエルは隙を見て歴史書の区画に向かい、先ほど知ったばかりの大陸暦について調べてみた。

どうやら大陸暦というものは、千年戦争の講和会議が行われた年を元年として始まったらしい。

レティシエルが生きていた時代はちょうどこの戦争の真っただ中だ。講和に至った理由としては、当時二大国家として覇権を握っていた国の片割れが内部瓦解し、それにより保たれていた世界の均衡が崩れたことがきっかけだと、歴史書には記載されている。

（二大国家……ドランザール帝国とセフィロス王国のことね）

かの二国は辺境にまでその名がとどろく列強だった。その片割れが戦争ではなく内部瓦解によって崩壊するなど、当時の情勢を知っている身としてはにわかに信じられない。

さらに読み進めていくと、どうやら瓦解したのはセフィロス王国のほうらしい。なぜあれだけの大国がこうもあっさり消滅したのか気になったが、そこに関する記述は何もない。

（……なんか、こういうことって多い気がする……）

ラピスのことにしろ、謎の力のことにしろ、この時代には不自然に資料が少ない出来事が多い気がする。ただ単に資料が紛失しているだけなのか、それとも……。

「……」

それを考え始めるときりがないので、ひとまず思考を切り上げてレティシエルは引き続きページをめくる。

世界各国に講和を持ち掛けたのは、ドランザール帝国だったという。大陸暦も帝国によって提唱されたもので、講和以降はドランザールが世界を引っ張っていたようだ。

このドランザール帝国が、今のイーリス帝国の前身となっているらしく、改名されたのは今から六百年前だという。

（ドランザールって、確かどこよりも魔術の研究が盛んだったような……）

イーリス帝国は魔法を全面的に禁じている国だと聞いている。ドランザールを前身に持っているのに、どうして今は魔法を禁じるようになったのだろう。

（………とりあえず、帰りに暦を買って帰ろう）

目的の紋章と謎の力とは違う方面での疑問が増えてしまい、これについて考えるだけで日が暮れてしまいそうだ。

　パタンと本を閉じ、レティシエルは胸の内で新たな決意をした。実はレティシエルたちが暮らしている屋敷には暦がないのである。

　ちなみに千年の歴史を持つプラティナ王国は、千年戦争時に前身となる国が存在していたらしく、大陸暦の導入を機に周辺の数か国が合併して建国されたのだという。

「お待たせしました、ジーク」

　読書の合間に集めておいた資料を手に、レティシエルはジークのところに戻る。彼はすでに席に座り、本を広げて読み始めていた。

「おかえりなさい。何か良さそうな資料はありました？」

「とりあえず手あたり次第持ってきた感じだからわかりませんけど」

　やっぱりルクレツィア学園の大図書室とは規模も勝手も違うし、慣れていないから見逃してしまっている資料も多い気がする。

「本は逃げませんし、これ読み終わってからでもまた探しに行きますよ」

「それが一番いいですね」

　反対側の椅子を引いてレティシエルは腰を下ろす。ジークとはちょうど向かい合わせの形になる。

「ジークは今何を読んでいるのです？」

　自分の本を読む前に、レティシエルは興味本位からジークにそう訊《たず》ねた。

「これは『アストレア大陸歴史大全』ですよ。私が小さい頃に見ていたあの力は、大陸暦

989年のスフィリア戦争のときにも使われていたようなので、王国内外で起きた出来事の中にも、もしかしたら関係しているものがあるかもしれないと思いまして」

どうやら十一年前の戦争時に戦場に出没していた謎の兵士たちの存在については、ジークもたどり着いていたようだ。

「何か関係ありそうなものはありました？」

「現状では何も。ですが、このあたりの年代を中心に国内で大小様々な爆発事故が多発しているみたいなので、それについて調べようかと」

そう言ってジークは本の向きをひっくり返すと、こちらに見せてくれた。

とはいえ閲覧机がかなり幅が広めなので良くは見えない。とりあえず自分に遠視魔術をかけ、少し机に身を乗り出してレティシエルは開かれたページを読む。

そのページには大陸暦988年から989年……十二年前から十一年前のスフィリア戦争直前までの歴史が記されている。

「確かに、カランフォードの事件の裏でも何件か爆発事故がありますね」

「もっとも、ただ工場の機械が爆発しただけ、なんていう事件もあるので全てが関係しているとは言い難いのですが」

「それを言うならこっちの年の暮れにも――……」

本の一文を指差そうとして、そこで不意にレティシエルはピタッと動きを止めた。

彼女の伸ばした手の先には、ジークが今読んでいる本がある。レティシエルはそこに書かれている内容を指差そうとしているのだが、ここからだと微妙に距離が遠くて手が届かない。

（……この位置関係だとやりにくいわね）

本の内容を見るくらいなら、ここから遠視魔術でも使えば問題はないのだが、本を指差したりとかするときにいちいち立たないと届かないのは面倒だ。

「ねえ、ジーク。お隣に行ってもいいかしら？」

「……？　ええ、どうぞ」

不思議そうに小首をかしげながらもジークは頷《うなず》く。しかしレティシエルが机をぐるっと回ってくると、その移動の意味に気づいて気まずそうに頬を掻《か》いた。

「あぁ……すみません。遠くて見えにくかったですよね」

「このほうが見やすいかなと私が思っただけだから、気にしないで」

会話をしつつも調べ物は進む。歴史大全の他にも細かい時代の歴史書を机に目一杯広げている二人は、ちょっとした注目の的となっていた。

「やっぱりカランフォードの爆発事故が最初だったように思えるわ。それより前の事故はどれも明確な理由が存在しているもの」

そんな視線には気づかず、９９５年の歴史書をめくりながらレティシエルは呟《つぶや》く。

十二年前を境に国内外で爆発事故が多発しているのは先ほど調べてわかったが、詳しく見ていくと増加したのは『原因不明の事故』だけである。

王族も巻き込まれて、世間を騒がせるほど大規模な事件だったカランフォードの事故ですら今なお原因不明のままなのだ。

「そうですね、……あ。ドロッセル嬢、これを見てください」

「……？」

ふとジークがそう言って、自分が読んでいた本をレティシエルに見せてきた。

そこにはカランフォードの事故に巻き込まれた人々の一部の名が紹介されており、第三妃ソフィーリアの名前もある。

「ドゥーニクス？」

関係のある著名人はコラムが作成されており、そのうちの一人の名前をレティシエルは口にする。

「ええ。吟遊詩人だそうです。近年は行方不明になっていますけど、カランフォードの事件のときにはその場に居合わせていたみたいです。この人物について……」

「……」

「ドロッセル嬢？　どうかしました？」

ドゥーニクスなる人物の記述が書かれているコラムをレティシエルは凝視していた。

この人がカランフォードで起きた爆発事故を経験していたというのは驚きではあるが、それ以上にレティシエルの気を引いたものがあった。

今読んでいるこの本は歴史書で、音楽分野をメインに扱ったものではないので、ドゥーニクスの詳細な説明がされているわけではないが、彼のサインなどのイラストは一緒に掲載されている。

（……この文字……）

そのイラストに描かれたサインに、レティシエルは猛烈な既視感を覚えていた。

サインは二種類描かれてあった。一つは白い三角や赤い丸などの図形が不規則に重なった太陽みたいなマーク、もう一つは爪で乱暴にひっかいただけのような武骨な感じの『D』の一文字。

前者もどこかで見たことがあるような気がしなくもないが、後者の『D』は、つい最近エディからもらった古びた楽譜の端っこで見かけたことがある。

このサインを見つけた今まで全く気にもしていなかったのが、こんな形で作曲者が判明するとは世間も狭い。

「……？」

「あ、いえ、なんでもないです」

しかしそれは今回の調べ物にはさほど関係ないだろうし、教える必要もないだろうとレティシエルは首を横に振った。

「……あ」

ふと本を読んでいたジークが小さく声を上げる。その声につられて、レティシエルも読書の世界から現実に引き戻された。

「急にどうしました？」

「いえ、ここに『不思議な力を宿した剣』についての記述があって、それでつい……」

「えっ」

その瞬間脳内に、課外活動のときに見た黒い霧をまとった武器たちの姿がよぎった。

すぐさまパッと隣に身を乗り出し、レティシエルはジークが開いていたそのページをじっくりと読む。

結論から言うと、レティシエルが想像していたような武器について、本に書かれていたわけではなかった。

代わりに書かれていたのは、『聖人と聖遺物、その意外なる関係性』というタイトルだった。

聖遺物とは、俗にいう聖人たちの持ち物とされている武器や衣類、道具などを指し、特別な力を宿したものとされる。

しかしその二者の間には必ずしも関係があるわけではなく、むしろ関係ない物であることのほうが多いそうだ。聖遺物は聖なる力を宿すと信じられており、そのほとんどは他人の目を引き付けるような特殊な煌《きら》めきを宿しているらしい。

そのためその独特の輝きが聖人の神格化された伝説と融合し、あたかも聖人がその物を持っていたかのような認識が生まれたのだという。

そう言われてみると、数回しか行ったことないが、学園のミュージアムの聖遺物ブースでも、いくつか不思議な光沢を持つ展示品を見たことがあった。

（なら、ロシュフォードが持ち出していた魔女殺しの聖剣もその類なのかしら？）

あの剣はハインゲル学園の祖でもある英雄、聖ハインゲルが人々を苦しめる魔女を倒すときに使ったものだ、という伝説を聞いたことがある。

聖人に関わるとされているものである以上聖遺物ではあるのだろうが、ならばあの剣に宿っていた黒い怪物が聖遺物の持つ『特別な力』なのだろうか。もしそうだとするなら、黒い霧の力を発生させていたあの武器たちも聖遺物である可能性が高い。

「……やっぱり来て正解でしたね」

もちろんこれだけで疑問が解決するわけではないが、少なくとも課外活動で遭遇した敵の武器の正体につながる手掛かりは得られた。

本から視線を上げず、レティシエルは顎に手を当ててうんうんと頷く。これならもう少し早く来たほうがよかったかもしれない。

「……あ、あの……」

ふとジークのか細い声が聞こえてきた。何事かと振り返ると、ジークがなぜか明後日《あさって》の方向を向いている。心なしか少し顔が赤いような気もする。

「……？　どうしました？」

「えっと……」

首をかしげるレティシエルに、ジークは後ろに身を引いて目を泳がせていたが、やがてボソボソと小声で呟いた。

「あの……近い、です」

ジークの一言にレティシエルは目をパチクリさせる。そう言われると確かにジークの顔がずいぶん近い場所にあるような……。

「……」

そこでようやく、自分が本を読むために身を乗り出したことでジークとかなり至近距離まで接近してしまっていることにレティシエルは気づいた。

周囲を見回すと、館内にいる利用者たちのうち数名はこちらに気づいている様子で、なんだか微笑《ほほえ》ましそうな視線を向けてきている。

「………失礼しました」

しばらく沈黙するレティシエルだが、そのままスーッと横に移りながら元の位置に戻り、ボソリと謝罪を口にした。

「……いえ」

「……」

微妙に気まずい空気が二人の間に流れる。その気まずさを誤魔化すため、二人とも互いに打ち合わせしたわけでもなくその後の調べ物にさらに没頭していった。

＊＊＊

ニルヴァーン王立図書館の閲覧席では飲食が許可されていないため、頃合いを見てレティシエルたちはいったん外に出て昼食を摂《と》ってから再び館内に戻る。

朝から居座っているので昼を過ぎた頃には、表の書架での調べ物は概《おおむ》ね一段落しつつあった。

「ジーク、どうします？　もう少し本を探しますか？」

「いえ、そろそろ秘書庫に行きましょう。人も増えてきましたし、このくらいのタイミングがちょうどいいと思いますので」

午後になって王立図書館の来館者数も徐々に増えており、閲覧席の空席などは目に見えて減っている。

人が増えるとそれだけ周囲の雑音が増えるということなので、今のうちに秘書庫のほうを調べよう、というのがジークの考えだった。

「わかったわ、では行きましょう」

レティシエルもその考えに同意して立ち上がる。自分たちが本棚から持ち出した書物たちをもとの場所に戻してから、二人は入り口付近にあるカウンターへ向かう。

基本的には立ち入り禁止区域である秘書庫は、当然館内の適当な扉から自由に行けるわけではなく、行くにはカウンターで特殊な入庫手続きをしなければならない。

「すみません、秘書庫を利用させていただきたいのですけど」

「はい、それでは入庫手続きを――……」

「いえ、すぐに手続きしていただければと思いますが」

そう言ってレティシエルは、あらかじめ亜空間から取り出して準備しておいた証明証をカウンターに置いた。

秘書庫に入るための入庫手続きは、本来であれば申請から結果が通達されるまで数日以上を要するほど厳重なものらしい。

しかしレティシエルが持つ全書閲覧権利証明証は、それ自体が全ての手続きを免除できる通行証のようなもので、特例にもほどがあるものだ。

「これは……！　し、少々お待ちください。こちら、しばしお借りいたします」

これには職員も目を見開き、証明証を持つと勢いよくカウンター奥の部屋へと走っていった。おそらくどう対応すればいいのか、他の職員に聞きに行っているのだろう。

その場でしばらく待っていると、やがて先ほどの職員がいそいそと戻ってきた。その後ろには顎ひげをたくわえた白髪の男性もいる。

「お待たせいたしました。当館の館長を務めている者でございます」

男性が挨拶とともにこちらに丁寧にお辞儀をした。他の職員どころではなかった。

「証明証を受理いたします。前例のないことではありますが、本証明証が王家より正式に発行されたものと認められましたので、秘書庫への入庫を許可いたします」

そう言って館長はレティシエルに証明証を返却してきた。

後に聞いてみたところ、一見ただの宝石がはまっているように見えるこの証明証だが、光の魔法で透かして見ると、国王オズワルドの署名が為《な》されているのだという。

「それで、そちらの御方《おかた》は……」

「連れです。彼も一緒に入庫させていただくことはできますか？」

レティシエルの要望に、館長は顎に手を当てて考え込む。証明証の権利がどこまで保証されるのか、二人目の異例を認めるかどうか熟考しているだろう。

「……良いでしょう。二名様でお通しいたします」

そして館長は誓約書を二枚カウンターに置き、そう言ってコクリと頷《うなず》いた。

「ただし、証明証をお持ちだとしても、当館の規則で秘書庫のご利用時間は二時間までとなっております」

「わかっています、ありがとうございます」

入庫する際にはこの紙にサインしなければならないようだ。

誓約書には秘書庫の利用時間や規則などが明記されていた。内部での飲食、書物の貸し出し、無断の持ち出し、内容の模写などは禁止されている。

「それではご案内いたします、こちらへどうぞ」

レティシエルとジークがサインを終えると、館長はカウンターに通ずる通行扉を開けた。どうやら館長自ら案内してくれるらしい。

秘書庫は一般利用者が間違って入ってしまわないよう、普通は入れない職員カウンターの内側にある扉からしか行けないようになっている。

　館長の後に続いてその扉を潜《くぐ》り抜けると、そこは中庭のような場所だった。周囲は図書館の建造物によって囲まれ、壁には窓もついていないためこの場所は館内や外からは全く見えない場所のようだ。

　その中庭の奥に、二階建てのレンガ造りの建物が建っている。年季は入っているが古びた印象はなく、ちょっとしたコテージのようなカジュアルな雰囲気だった。

　正面の扉までやってくると、館長はポケットからカギ束を取り出し、目的のカギを探し出すとそれをカギ穴に差し込んで回す。

「こちらが秘書庫となります。ごゆっくりご閲覧ください」

　扉の開錠を済ませると、館長はそう言ってお辞儀をしてから立ち去っていった。

「本当に入れましたね……外で待っていることも覚悟したのですが」

「結果的には入れたからよかったではありませんか。それより手分けして資料を探しましょう、利用時間は二時間しかありませんもの」

「そうですね、では私は二階の本をあたってみます」

「お願いね」

　サクッとお互いの担当領域を決め、ジークは早速エントランスの中央階段を上って二階へ向かう。

　レティシエルもまた一番近くにある本棚に向かう。時間は有限なのだ。

背表紙をこちらに向けてずらっと並んでいる本のタイトルを一冊ずつ確認していき、一番おもしろそうだと思った本を手に取る。

この棚は魔法関連の本を収めているようで、タイトルもそれを連想させるものばかりだ。

（……でもやっぱり魔法だと情報はもうほとんど出尽くしているよね）

レティシエルが術式の改良研究を行うまで、魔法の仕組みや術式は今あるものが最高だとされ、研究がストップしていた。そうなると世間に出回る情報も似たようなものばかりで、秘書庫に秘蔵されるような書物でも代わり映えしない。

（昔の本を探したほうがいいのかしら？）

内心そんなことを思いつつ、適当にとった本の巻末に記載されている参考書籍一覧を読むと、そこで見慣れない単語を発見した。

（……錬金、術？）

魔法と魔術に加えて、さらに別の力の名前が出てきた。

そういえば、屋敷の襲撃のときにエディが使っていた力がこれのはずだ。もしかしてこの力が、例の黒い霧と関係しているのか。

そう思って資料を探してみたのだが、これが意外と見つからない。魔法について書かれた他の本を見てみても、錬金術の単語が登場するのは先ほどの本一冊だけだった。

（時代をさかのぼるしかなさそう……）

それでも参考書籍に登場したのだから絶対に関連書があるはずだ、とレティシエルはくまなく書庫を探し回り、そして二冊だけ錬金術をタイトルに冠している本を探し出した。

この作業だけでもかなり疲れたのだが、制限時間が存在するので休んでもいられない。

レティシエルはすぐに本を開く。

『今の時代で錬金術という言葉を耳にすることはほとんどなくなったが、この力もまたかつては魔法と並ぶほどの強力な力とされていた。』

書き出しはこんな感じ。なんでも錬金術というのは、何百年も前に汎用性が乏しく、発展性がないとして研究が打ち切られた力らしい。このあたりは前にエディに聞いた通りだ。

仕組みとしては体内の魔力を使用するとのことで、一見魔法と同じように思えたが、錬金術は魔力を外へ出し、特殊な術式を通して魔素と合成するのだ。

これにより少量の魔力でも力の行使が可能となり、魔力が低い人でも力を扱うことができることが、錬金術の特徴である。

また、魔力を排出する関係上、錬金術は遠隔攻撃を苦手としており、主に結界を張るなどの防御技に特化していたという。

(なるほど、そんな力が……)

確かに考えてみれば魔力と魔素の反発は体内で起きればリバウンドという危険な状態に陥るが、体外であればいくら反発しても人体に影響は出ない。

しかし、リバウンドを引き起こすほど相性が悪い二つの要素が、ただ空気中で合成するだけで簡単に混ざるわけがなかった。

魔力の取り出しと魔素の合成は極めて困難な技であり、それが原因で錬金術の普及は難航し、ついには非効率だと表舞台から消えたのだ。

（でも、読んだ感じだとあの黒い力と錬金術は関係なさそうね）

もう一冊の本も読んだが、黒い霧と関係がありそうな描写は一切ない。謎が増えたなと、一人悶々《もんもん》としながらレティシエルは本をもとの場所に戻す。

「……ん？」

次の本を取ろうと本棚に手を伸ばしたレティシエルは、本と本の間に挟まって棚の一番奥まで押しやられている一冊の薄い書物を見つけた。

（なんだろう……？）

好奇心に駆られて、レティシエルはその本を棚の奥から引っ張り出す。

手に持った瞬間、表紙の革細工が一部ボロボロと剝がれ落ちた。そのもろさからして、かなり昔に装丁された本のようだ。

本を傷つけないように、黄ばんでシワになっているページをレティシエルは慎重にめくる。一ページ目には、魔法と錬金術の実態に迫る、というタイトルが書かれている。

『魔法と錬金術は、今ではプラティナ王国で最も広く定着している力と言えるだろう。』

そのまま読み進めていっても、魔法や錬金術の仕組み、研究の実績などが書かれているだけで、特に目新しい情報は見当たらない。

これまでに読んだ魔法の歴史や、さっき読んだばかりの錬金術の概要と、内容はそんなに大差ないように思えた。

『今や研究の最盛期を迎えているこの二つの力だが、実は発祥のルーツは酷似していると言われている。』

しかし本の最後の章には、これまでレティシエルが読んだことのないテーマが扱われていた。

『魔法と錬金術の研究を行っている学者の多くは、この二つの力が独立したものであると考えているが、本当は違うのではないかと筆者は考えている。例えば魔法も錬金術も、発動には魔力を必要とする。このように、二つの力には根本的な点で似通っている特徴が多くあるのだ。』

少しずつ、ページをめくるレティシエルの手が速くなっていく。

これまで魔法の起源がどこから来ているのか、それについて記述された本は一切存在しなかった。

『いざこれらの力の根源を調査しようとすると、その資料の異常な少なさを痛感するだろう。もしかして誰かがわざと処分しているのではないかと勘繰ってしまうほどの少なさではあるが、それでも存在しないわけではない。』

この文章の先には何が書いてあるのか、そんな好奇心に駆り立てられるままにレティシエルは夢中になって読み進めた。

『数少ない文献資料を読み解いていくと、魔法と錬金術には共通した始まりの力があることがわかる。その力から派生する形で、今の魔法と錬金術の体系が存在しているのだ。この始まりの力については、魔法と錬金術の起源以上に資料が存在しない。それは辛うじて名前がわかるだけで、他の情報はほぼ皆無だ。その力は　　　』

そこで文章は不自然に途切れていた。レティシエルはすぐさまページをめくったが、そこには何も書かれていなかった。

「……！」

正確には、かつては何かが書いてあったのかもしれないが、今は一面が真っ黒に塗りつぶされており、もはや原形を保っていない。

（誰がこんなことを……）

黒く塗られたそのページも紙が乾いていて、ぞんざいに扱えば今にも崩れそうになっているため、このページが塗りつぶされたのも最近ではないのだろう。

後ろにもまだ数ページ続いているみたいだったので、レティシエルは試しにめくってみるが、それらのページも全て黒く塗られていた。

（いったいここには何が書いてあったのだろう？）

この塗りつぶしは明らかにあとから誰かが意図的にやったものだ。ここまで徹底的に消されてしまうほどの機密情報でも書かれていたのか。

そんなことを考えながら、どうせ次のページも真っ黒なのだろうと、特に何も期待せず何気なくレティシエルは最後のページを開いた。

『ずっと　お前を　待っていた』

「!?」

黒塗りにされた最後のページには、真っ赤な字でそう書かれていた。

瞬間、背筋に悪寒が走り、レティシエルはパッと勢いよく振り向く。その拍子に本が床に滑り落ち、パサリと乾いた音をたてる。

「……」

振り向いた先には当然誰もいない。無意識のうちに詰めていた息をレティシエルはどっと吐き出した。

床に落ちている本に視線を落とし、レティシエルはしゃがんでそれをもう一度手に取った。

表紙をめくっても、その裏を見ても、本のタイトルがあるだけで著者の名前はどこにも記載されていない。

この本が作られた年代がかなり前であることから、あのページに書かれた文章はレティシエルとは無関係のはずだ。

にもかかわらず、レティシエルにはそれが自分に向けて書かれたメッセージのような気がしてならなかった。

「ドロッセル嬢、少しお聞きしたいことが――……」

「……っ……!?」

突如背後から聞こえてきた声に、レティシエルはビクッと肩を震わせてクルリと振り返る。

そこには手に分厚い本を抱えたジークが立っていた。レティシエルが振り向くのと、ジークがこちらの肩を叩《たた》こうと手を伸ばしたのが同時だったらしく、ちょうどジークが反射的に手を引っ込めるところだった。

「ど、どうしました？」

いきなりレティシエルが振り返ったことにはジークも驚いているようで、小さく目を見開いてそう訊《たず》ねてきた。

（……私は何におびえているのよ）

そもそも今秘書庫にいるのは自分とジークだけなのだから、彼以外に自分に声をかける人もいないのに、と内心レティシエルは自分自身に突っ込む。

「いえ……大丈夫、なんでもないです。それより聞きたいことって？」

「あぁ、ここの記述についてです。先ほど本館でドロッセル嬢がこれに関する本を読んでおられたので」

「見せてもらってもいいかしら？」

背中を駆け抜けたあの悪寒は今も消えてはいない。

それでもそれを誤魔化すように、レティシエルは持てる限りの全集中力を文献調査に注いだ。

いつも以上に気合を入れて質問に答えるレティシエルをジークは特に不思議がっている様子もなく、むしろこちらにつられて彼も饒舌《じょうぜつ》になり、意見が飛び交って三割増しくらいに議論が白熱した。

おかげで気づけばあっという間に規定の二時間は過ぎ、さらに閉館時間までが迫っていた。早朝に図書館に入ったのに、時間が過ぎるのは早いものである。

「今日はありがとうございました」

王立図書館から出て大通りを歩きながらジークがそう言ってきた。

「お礼なんていいですよ。結局、何かわかったわけでもないですし」

「それでもです。まぁ……謎が謎を呼んでしまったところもあるのですが」

おそらく錬金術の話をしているのだろう。それに関してはレティシエルもジークの意見に一票である。

「それでも前進はしています。前向きに考えましょう」

「ええ。新しい情報がたくさん得られたのは確かですし、帰ったらすぐに脳内整理をしませんと」

「なら明日学園で情報を持ち寄って一緒に整理をしません？　今日はなんだかんだ時間ギリギリで情報の共有もほとんどできませんでしたし」

「いいですね！　いつ頃にしましょうか？」

「んー、普段通り早朝でいいんじゃないかしら？」

雑談を交わしながら二人は夕日に染まる大通りを歩き、中央噴水広場で別れてそれぞれの家へと帰っていく。

もちろん、暦を買って帰ることをレティシエルは忘れていなかった。

# 二章　聖ルクレツィアの追憶

王立図書館に行ってから数日後、レティシエルはヴェロニカに誘われて放課後の音楽室にいた。

魔法訓練場でサークル活動をすることが、レティシエルの主な放課後の過ごし方ではあるが、この日は教師の講演会が魔法訓練場で行われているためお休みである。

「すごいです、ヴェロニカ様！　ピアノ、お上手なんですね！」

「あ、ありがとうございます。でも、ちょっと恥ずかしい、です……」

「そんなことないっすよ、すごいうまいじゃないですか！　俺なんか途中から聞き惚《ほ》れちゃいましたよ！」

「そうね。だってリーフ、途中から口開いていたもの」

「え、俺口開いてた!?」

ちょうど一曲目の演奏が終わったばかりである。音楽室には二人だけでなく、ミランダレットとヒルメス、ジークの姿もあった。

もとは、新しい曲を練習したから聞いてほしい、とヴェロニカに言われたことが始まりだったが、一人で聞くのも寂しいし、せっかくだから全員呼ぼうと声をかけた結果、魔法同好会のメンバー全員が音楽室に集まったのだ。

「ヴェロニカ様がこんな特技をお持ちとは知りませんでした。音楽を聴く機会はあまりないのですが、心が安らぎます」

「そうですね。私も普段そこまで音楽は聴きませんけど、ヴェロニカ様の演奏は好きです」

ジークと話しながら、そういえばヴェロニカと最初に出会ったときも彼女はピアノを弾いていたことを思い出し、懐かしくてレティシエルは少し微笑《ほほえ》む。

「ドロッセル嬢は楽器とか嗜《たしな》まれないのですか？」

「そうですね……音楽分野には疎いので、楽器の演奏あまりし――……」

手を動かした拍子にカサッという乾いた音がポケットから聞こえ、レティシエルは思わず途中で言葉を切ってしまう。

ポケットの中を探ると、中から四角くたたまれた紙が出てきた。広げると紙には五線や音符、歌詞が書かれていた。エディにもらった例の楽譜である。

（……そういえばこれ、持ってきていたわね）

王立図書館でドゥーニクスという吟遊詩人の存在を知って、ならこの楽譜に書かれた音楽はなんだろう、と曲探しのために持ってきたのだ。

（まぁ、見つからなかったけど）

どうやら吟遊詩人ドゥーニクスが自作した曲はそんなに多くないらしく、この楽譜と合致する曲はなかった。

もっとも、音楽分野に全く詳しくない上に譜面の読み方さえ怪しいレティシエルのことだから見逃している可能性も大いにあるのだが。

「……？　ドロッセル様、それは？」

レティシエルが持っている楽譜に気づき、ヴェロニカは不思議そうな表情を浮かべながらこちらにやってきた。

「あぁ、これは知人にもらった楽譜です。何の曲かはわかりませんけど」

そう言ってレティシエルは楽譜をヴェロニカに見せる。一瞬、ヴェロニカなら何かわかるかも？　と思ったが、譜面を見たヴェロニカも首をかしげていた。

「民謡……か何かですか？　譜面を見る限り、かなりゆったりした曲みたいですけど」

「ヴェロニカ様もわからないのですね」

「はい……でもこれ、ピアノで弾けそうです」

「あら、本当ですか？」

「そんなに難しい譜面では、ないので。あの……よかったら演奏しましょうか？」

ヴェロニカがそう提案してくる。そういえば楽譜を渡されたはいいが、どんな曲かは一度も聞いたことがなかった。

「うーん……ならお願いしようかしら」

「は、はい！　ちょっと、待ってくださいね」

楽譜を持ってピアノまで戻り、ヴェロニカはすぐに譜面に沿って弾き始める。

ヴェロニカが右手しか使っていないところを見るに、片手で弾けてしまう単純なメロ

ディラインらしい。

「……こんな曲だったのですね」

そしてヴェロニカが評していた通り、聞いていると眠くなってくるようなとてもゆっくりとした音楽だ。聞き終わったあとのレティシエルの第一声はそれだった。

楽譜を見ている限りでは、簡単そうな曲だな、くらいにしか思っていなかったが、実際に聞いてみると意外にメロディラインに変調があり、短いながらも聞き応えがあった。

「子ども向けの歌みたいな感じで、なんかちょっと可愛《かわい》らしいですね！」

「そうですね、やっぱり曲は実際の音楽を聴くに限りますね」

「……」

ただ譜面を眺めていたときとは受ける印象が全然違っていて、レティシエルはしみじみと言った。しかし弾いた本人は何か思うところがあるのか、目を瞬かせて茫然《ぼうぜん》としている。

「どうかしました？」

「え。あ、いえ、大丈夫です」

レティシエルが心配そうに声をかけると、ヴェロニカはハッと我に返って慌てて首を横に振った。

「ただこの曲が、なんだか懐かしくて……」

「懐かしい？」

「はい。いつも歌ってる子守唄に、メロディが似ていたので」

懐かしそうにそう言うと、ヴェロニカはジッと目の前の譜面を見つめ、やがてもう一度同じメロディを奏で始めた。

（……でも、それって確か……）

音楽に耳を傾けながら、ほんの数週間前の記憶をレティシエルは思い返す。

波乱が起きたあの課外活動で、ヴェロニカは気持ちを落ち着けるために亡き母親の子守歌を口ずさんでいた。

そのとき、魔法魔術が使えない体質であるにもかかわらず、ヴェロニカはほんの少しだけ魔術のような力を使えていたのだ。

（これは本当に偶然なのかな……？）

あの課外活動の一件から、急速にいろいろな疑問が沸き上がっている。そのくせ手掛かりはないに等しいのだからレティシエルも途方に暮れてしまう。

「失礼します。ヴェロニカ様はこちらにいらっしゃいますか？」

そこへノックが響き、ギルムが音楽室に入ってきた。学芸員である彼がミュージアムを離れるなんて珍しい。

「こんにちは、ギルムさん。ヴェロニカ様でしたらいますけど……」

「実は、ヴェロニカ様にお手伝いをお願いできればと捜していたんです。先生方が講演会でいらっしゃらないもので」

なんでもヴェロニカは、サークルや音楽室に行かない日は大抵教師たちの手伝いをしているらしく、ミュージアムの作業も何度か手伝ったことがあるのだという。

「は、はい！　私でよければ、お手伝いします」

「ありがとうございます、助かります」

ヴェロニカの返事を聞いて、ギルムはホッと安心したように息をついた。

「そういえば、先ほど何か音楽が聞こえていましたが……もしかして邪魔してしまいましたか？」

「いえ、大丈夫です。ちょうど演奏も、一段落しましたので」

「それはよかったです。ところで何の曲だったのですか？」

「えっと……私も、よくわからないです」

ちらりとヴェロニカがこちらに目を向ける。ピアノの上に置いてある楽譜を手に取り、レティシエルはそれをギルムに見せた。

「知人からもらったんですけど、正直何の曲かは私もわかりません。ギルムさんなら何かわかります？」

「へぇ、吟遊詩人ドゥーニクス、ですか……」

楽譜を受け取り、ギルムは顎に片手を当てて興味深そうにそれを眺める。読んでいるだけで楽しいのか、時々笑みも浮かべている。

「ギルムさん？」

「あぁ、すみません。初めて見る譜面だったので、つい……」

「……ギルムさんも知らないのですね」

「ドゥーニクスの譜面は資料としていくつか見たことありますが、これは見たことなかったですね。といっても、彼はもともと歴史的な記録も少ない謎多き人物ですし、私が知らない曲があっても不思議ではないでしょう」

そう言ってギルムはレティシエルに楽譜を返してきた。ドゥーニクスって何者なんだろう、とレティシエルはますます疑問を深めるのだった。

＊＊＊

ヴェロニカが急遽《きゅうきょ》ミュージアムの手伝いに行くことになったため、演奏会は途中でお開きとなった。

ちなみにヴェロニカが手伝いをしていつもご褒美をもらっていることを知り、ヒルメスもそれに釣られて一緒についていった。男手としてこき使われそうな予感だ。

中途半端に時間が余ってしまったので、少し考えた結果レティシエルはそのまま自分の研究棟を訪れることにした。

「あ、ドロッセル様、こんにちは」

入り口のドアを開けると、ちょうどツバルが二階から降りてくるところだった。手に数冊の本と小さい紙束を持っている。

「こんにちは、ツバル。片付けの最中ですか？」

「はい。今日は僕も特にやることがないので、軽く資料の整理だけしたら帰ろうかと思いまして」

「なるほど。では手伝いますよ」

そう言ってレティシエルも作業を手伝うことにした。今日の資料はそんなに多くないし、二人でやればすぐに終わりそうだ。

「そういえば、ツバルは音楽分野に明るいですか？」

ただ黙々と作業だけしていても気まずいし、レティシエルは資料を仕分けながらツバルに質問をしてみた。

「音楽分野、ですか？　うーん……音楽や詩は好きなので、人並みには明るいと思っているんですけど」

紙束を片手にツバルは首をかしげて答えてくれた。レティシエルからこんな質問が出ることを珍しがっているのか。

「ではドゥーニクスという吟遊詩人のこと、ご存じですか？」

「え、ドゥーニクス……？」

ピタリとツバルの手が止まる。そのまましばらく動かないツバルに、さすがに急すぎる話題だったかと、レティシエルは慌てて言葉を付け足す。

「ごめんなさい、いきなりこんなこと聞かれてもわからないですよね」

「いえ、知ってますよ。むしろ吟遊詩人の中では比較的有名な方だと思います！」

しかし返ってきたのはツバルの生き生きとした声だった。ツバルのテンションがこんなに高いのは初めて見た……かもしれない。

「……そうなんですか？」

「はい！　吟遊詩人なのに手掛けた曲が非常に少ないですし、素性もほとんど明かされていないので！」

なんでも『ドゥーニクス』という名前も本名ではなく、彼が作った数少ない曲の中の歌詞から、後世の人々が便宜上そう呼んでいるにすぎないらしい。

名も名乗らず、曲もあまり作らない、吟遊詩人としてはかなり異質な人物で、それが逆に珍しくて有名になっているのだとか。

「それに、彼のサインも結構独特なんです！」

「独特？」

ドゥーニクスのサインというと、数日前に見た『D』の一文字を思い出す。しかしそれは一般的なサインだと思うのだが……。

「はい！　時々ですけど、色のついた図形をサインとして書くときもあります。すごくレアなので、一部の研究家の間では『ドゥーニクスの遺産』とも呼ばれています！　オークションではいつも高値が付くんですよ！」

「……図形」

確か『D』のサインを紹介していた横に、カラフルな図形が重なった太陽みたいなマークも、ドゥーニクスの象徴として載っていた。

（……あのオルゴール……）

数日前に鑑定のためデイヴィッドに預けたオルゴール。箱の裏には白い三角形が描かれていたが、図形サイン……ドゥーニクスの遺産と何か関係があったのだろうか。

だが関係があるとしたら、なぜあのオルゴールに封印なんて施されていたのだろう……。

ジークが言っていた通りだ。謎が謎を呼んでいる。

「ツバルは、もしかしてドゥーニクスのファンですか？」

「ファンというほどではないんですけど、彼の詩はよく読んでいます。譜面も複写品ですけどいくつか持ってますよ！」

「へぇ……」

それはもうすでにファンなのでは？　とレティシエルは内心思ったが、楽しそうに語っているツバルにそれを言うのは野暮だろうと心のうちにしまっておくことにした。

「前から思っていましたけど、ツバルって幅広くいろいろな情報をご存じですよね」

「そんな……！　ドロッセル様には敵《かな》いませんよ！」

両手をズイと前に突き出してフルフル振りながら、ツバルはそう言って同時に首も横に振った。

「でも、僕の家は代々王国の歴史を記録するのが役目なので、そういう意味では人よりは幅広くいろいろ知っていると言えるかもしれません」

「あら、そうだったのですか？」

「はい。といっても、僕の家系は貴族になる前からずっとそうだったみたいですけど」

彼の実家であるヴィレッジ子爵家は、どうやらもともと平民で歴史書の執筆などをしており、それを国に取り立てられて貴族の仲間入りを果たしたらしい。

「以前は魔法やそこから派生する力の研究も一緒にしていましたから、それ関連の資料はそれなりにはありまして」

「なるほど」

確かツバルの家は『探究者の一族』にも属している。初めて会ったとき、彼の手にあった一族の証《あかし》を見せてもらったことは今でも覚えている。

魔法魔術などの研究や歴史書の編纂《へんさん》、研究。彼の家の家業にはもしかしてその『一族』であることも関係しているのかもしれない。

そこで会話はいったん途切れ、本を置く音や紙をめくる音だけがホールに響く。

チマチマと手を動かしつつも、レティシエルの脳内では数日前と今日に取り込んだ情報がグルグルとループしていた。

いろいろ気になってしまって作業に集中できず、レティシエルはぼんやり外を眺めている。するとこちらの建物に近づく人物たちを見つけた。

「……？」

藍色の髪の少年と、白髪で顎ひげをたくわえた初老の男性の二人組である。片方がライオネルであることはわかるが、もう一人は見知らぬ人だ。

本館の裏側にあって、そもそも訪問者もそんなにいない この研究棟に何用だろう、と思っていると、直後玄関のドアがノックされた。

「はーい」

ノックの音にツバルは手を止め、ドアのほうに向かっていった。何気ない手つきでドアを開けたツバルは、予想外の来客に瞬間的に顔をこわばらせた。

「突然すみません。ドロッセル嬢にお会いしたいのですが、入ってもよろしいでしょうか？」

「は、はい！　もちろんです！」

ツバルはすぐさま二人をホールに通した。レティシエルが立ちあがるのと、開いたままのドアの陰からライオネルが顔を見せたのは同時だった。

「こんにちは、殿下、お久しぶりです」

「お邪魔します、ドロッセル嬢。お元気そうで何よりです」

そう言ってライオネルは小さく笑った。彼がルクレツィア学園に通い始めて既に数か月だが、姿を見るのは久々な気がする。

「ところで殿下、そちらの御方《おかた》は？」

「あぁ、こちらはブロワ公爵、魔法省の長官を務めている方ですよ」

「お初にお目にかかります、ドロッセル様」

ペコリとこちらに頭を下げるブロワ公爵に、レティシエルも会釈をして挨拶を返す。このご老人、前に初等生全員参加の講話会で見かけたことがある。

第二王子だけでなく、魔法省の最高官まで自ら出向いてくるなど、いったいどんな重大な要件があるのだろう。

「それで、私に何か御用ですか？」

「ええ、実はドロッセル嬢の能力を見込んで少し相談したいことがありまして」

「……場所を移しましょうか」

これは立ち話で済む相談事じゃないと感じ、レティシエルは二人を会議室に通すことにした。

いろいろな設備を整えてもらっているこの研究棟だが、研究室とホール、書庫と湯呑室《ゆのみ》くらいしか活用しておらず、実は会議室を使うのは初めてだったりする。

「紅茶をお持ちしましょうか？」

「いえ、長居はいたしませんので大丈夫です。お気遣いありがとうございます」

湯呑室に行こうと扉に向かうレティシエルに、ライオネルはやんわりそれを断るとすぐに本題を切り出してきた。

「ドロッセル嬢に相談したいことというのは他でもありません、あなたが持つその『魔術』という力についてです」

「……」

ライオネルの向かい側にある椅子に腰かけ、レティシエルは黙って彼の話を聞く。

「このアストレア大陸の情勢が近年不安定なのはドロッセル嬢もご存じかと思います。ですが十一年前の戦争での敗北で、我が国の軍隊には他国の軍勢を退ける力が不足していると私は考えています」

両手を会議机の上で組み合わせ、レティシエルの様子をうかがいながらライオネルは慎重に言葉を続ける。

「しかし対策をしようにも、当時ラピス國《こく》が使っていた不可解な力については未《いま》だ正体が解明されていません。かの国が再度我が国を侵略する可能性は多分にあり、こちらも打てる最善の手を打つ必要があると考え、こうしてドロッセル嬢のもとに参ったわけです」

「殿下のおっしゃるように、我らがプラティナ王国に不足しているのは、ラピス國やイーリス帝国と渡り合える軍事力でございます。陸軍や海軍は訓練の精度を上げればよいのかもしれませんが、魔法省の育成する魔法兵はそれだけというわけにはいきません。根本的な能力の底上げこそが必要なのです」

ライオネルの説明を補足するように、彼の横に座っているブロワ公爵がその言葉を引き継いだ。

魔導術式導入による魔法強化は、近いうちに能力の成長が頭打ちになる可能性がある。それならより大幅な能力上昇が見込める魔術を導入したほうが効率的、というのが彼の言い分だった。

「……そのために、魔術を？」

「ええ。その力があれば、我が国はさらに強い軍事力を得られるでしょう。そうすれば戦でも優位に立てる可能性が高まる上、他国の恐れる必要もなくなります」

「………」

ライオネルは迷うことなくそう言って頷《うなず》く。レティシエルはスッと目を細め、視線を落としてしばらく沈黙した。

「……申し訳ありません、その要望は受けられません」

フルフルとレティシエルは静かに首を横に振る。ライオネルの提唱する魔術講義は、レティシエルの信念に反するものだった。

確かにレティシエルは魔術が好きで、オズワルドからの要請もあってその研究はしている。しかし研究しているのはあくまで魔導術式であり、魔術そのものではない。

術式の研究にはルーカスを始めとした教師たちにも協力してもらっており、本来魔術を使うための魔導術式が魔法にも適用できることはわかっている。だから魔法のより効率的な運用のためにオズワルドはレティシエルに依頼を持ち掛けた。

だけどライオネルのそれは違う。彼は純粋に魔術を世界への圧力として使おうとしている。国を守るために、その方法は有効なのかもしれない。だけどどうしても賛同できる方法ではなかった。

レティシエルは別に魔術を広めたいわけではない。この世界で魔術が滅んでいるなら、むしろ滅んだままでいいとすら思っている。

『魔術は誰かを殺すための力ではない。誰かを守るために使うものだよ』

『これが私の贖罪《しょくざい》なんだ』

レティシエルに魔術を教えてくれた先生はこれらが口癖だった。

リジェネローゼに流れ着く以前、先生がどんな暮らしを送っていたのかレティシエルは知らないし、先生も語ろうとしなかった。

「殿下のお考え、理解できないわけではありません。ですが、強い力は必ず悲劇を生みます。私はそれを望みません」

一度だけ、全ての戦乱の始まりは魔術だったと先生は話したことがある。

アストレア大陸戦争がなぜ起きたのか、あれから千年経《た》った今でもわかっていないし、先生の言葉の真偽もわからないまま。

だけど『力』は人を惑わす。力を得て、この世界に暮らす人々の平穏が消えてなくならないなんて、誰も保証できない。

魔術がこの時代の人間から見れば、これまでにないほど強力な力であることは理解している。だからこそ頷けない。千年前の凄惨な争いを繰り返さないためにも。

それに、この国の今の貴族たちは総じて高い魔力を持っている。対して魔術は魔力が高い人間には扱えない。

そんな世界で魔術が普及することは、王族や貴族と平民の力関係が逆転することを意味する。最悪プラティナ王国の崩壊にもつながりかねない。

「そうですか……それなら仕方がありませんね」

しかしそれを聞いたライオネルは、こちらが拍子抜けするほどあっさりと追及をやめた。

「殿下……良いのですか？」

「はい、無理強いはできませんから」

ブロワ公爵の困惑気味の問いにも、ライオネルは困ったように眉を下げてそう答えるだけだった。あまりにあっさりすぎて、これにはレティシエルもびっくりである。

そのあとは他の話題があがるわけでもなく、ライオネルたちはそのまま帰り支度に入った。レティシエルも二人を送るために一緒に外まで出る。

「では失礼いたします。お時間を取らせてしまってすみません」

「いえ、お気になさらず」

レティシエルに会釈をして、ライオネルはブロワ公爵と一緒に帰っていった。

だけど彼が諦めたような気はしない。レティシエルがなぜ断ったのかを聞こうともしなかった辺り、一回の説得では説き伏せられないと割り切っていたのかもしれない。

（また、来そうだな……）

そんなことを内心思いながら、レティシエルは複雑な心境で二人の背中を見送るのだった。

＊＊＊

翌日の朝、学園に来て早々レティシエルの姿はミュージアムの前にあった。

先日はレティシエルがジークを誘って王立図書館に行ったが、今度は逆にジークがレティシエルをミュージアムに誘ったのだ。

「ここに来るのもずいぶん久しぶりな気がします」

「そうですか？　私は時々お邪魔させていただくのですが」

きっかけは、例の紋章について過去の遺物や絵画に同じか似たようなものがあるかどうか探したい、というジークの意見だった。

確かにそういう手掛かりが見つかるなら、描かれている絵画などから関連性などを推測することも可能だろう。

「それなら何か心当たりでもあるのです？」

「いえ……私は研究の一環で機械や兵器の展示ブースにしか行かないので、それ以外の場所はあまり回ったことがなく……」

「あぁ、なるほど」

このミュージアムには、以前美術の時間に見た動物に関する展示がされているブースや、魔女殺しの聖剣が収められている聖遺物ブースなど複数の展示コーナーが存在する。

そしてその中で聖遺物ブースはミュージアム最大の規模を誇るブースでもあるのだ。探すとしても一人ではとても一日で回り切れない。

「そういうことでしたら喜んで協力しますよ」

「すみません、ありがたいです」

ミュージアム前の長い階段を上り、二人はミュージアムのホールへとやってくる。

開館してまもない早朝だからか、館内には来館者の姿も、職員の姿もなく、シンと静まり返っていた。

「どこから行きましょうか？」

「どうせ全て回るんですし、とりあえず順路に沿って行きましょう」

「それもそうですね」

ホールに設置されている案内板を見て順路を確認してから、レティシエルはジークと一緒に聖遺物ブースへ出発する。

「あのあと何か新しくわかったことはありました？」

「特には……。でもドゥーニクスの遺産の話をツバルから聞きました」

「え？　なんですか、それは」

「ドゥーニクスには変わったサインがあるらしくて、それが入った物品はそう呼ばれているらしいですよ」

「へぇ、それは興味深いですね」

その後も、吟遊詩人ドゥーニクスについての話題や、車輪十字のあの紋章についてあれこれ話しながら二人は館内を練り歩く。

「……あら？」

しばらく展示ブースを回っていると、とあるブースでレティシエルは見知った顔を見つけた。

「おや？　ドロッセル様ではありませんか」

そちらもすぐにレティシエルたちに気づき、作業を止めて声をかけてきた。

「おはようございます、ギルムさん。最近よくお会いしますね」

「そうかもしれませんね、おはようございます」

詰襟の学芸員制服を着たギルムは苦笑いを浮かべた。彼はもともと聖遺物フロアの担当学芸員で、朝から展示品のチェックをしている最中だという。

「お二人こそ、こんな朝早くからどうされました？」

「調べ物の一環で聖遺物ブースを見て回っているところです。ここは何の展示室なのでしょう？」

ギルムがいた展示室は、今まで回ったどの部屋よりも大きく、天井も高いので広々とした印象を受ける。ここだけ間取りが違うので、何か特別な展示でも行っているのだろうか。

「この部屋でしたらプラティナ王国の歴史についての展示がされています。歴代の王に関する遺物もございますよ」

だからここだけ広めのスペースが確保されているのだな、と説明を聞きながらレティシエルは心の中で納得した。

「ここでは全ての国王についての展示がされているのですか？」

展示室の入り口の壁には、歴代の国王たちの肖像と思《おぼ》しき絵画がずらっとかけられている。その肖像たちを見ながらジークがギルムに質問する。

「いえ、この部屋では二人の建国王……今の国土と王国制度の基盤を築いた王の展示がメインとなっています」

「王国の基礎を作った王……盲目王のことでしょうか？」

「そうです！　よくご存じですね」

何やらレティシエルがよくわからない歴史の話をし始めたジークとギルム。

建国王が二人いるってどういうことだろう、なんて考えているうちに質問のタイミングを逃してしまったレティシエルは、諦めて二人の会話に耳を傾けることにした。

「歴史書では、確かアレスターの建国王と呼ばれていましたが……」

「この国の建国王が誰か、というのには諸説ありますからね。国名は同じでも、アレスター朝以前のベバル朝はほぼ違う国と言ってもいいほど文化に違いがあるので、ベバルの王は果たして『プラティナ王国』に含めていいのか、という議論はここ百年以来ずっと学者たちの間で騒がれておりますし」

「庶民出の盲目王についても、一時期王の血筋から外すべきという論争がありましたよね？　すぐに収まったのですが」

「盲目王は世間の知名度と人気が圧倒的に高いので、民意を気にして大事《おおごと》にはできなかったのですよ。それに、盲目王の血筋を否定することは、その血を受け継ぐ今の王家を否定することでもありますので」

アレスター朝とは、現在のプラティナ王国の王朝名であり、この王朝を含めると王国には過去ベバルとアレスターの二つの王朝が存在していたようだ。

思えばオズワルドやロシュフォードのフルネームにも、ミドルネームの他に『アレスター』の名前があった。あれは王朝名だったのか。

「ちなみに歴史家がどの説を支持しているかによって、その方が執筆する歴史書に記載される王国の歴史も変化するんですよ」

「え？　では千年の歴史ではなく、六百年の歴史と書かれている本もあるのですか？」

「ええ。ただ今はベバルの建国王の時代から歴史を数えることが一般的ですので、歴史書もそれに基づいた記述のものが多く、それ以外はほとんど見かけません」

どうやら建国王が二人いるのは、プラティナを建国したベバル朝の王と、今の国の基礎を作り上げたアレスター朝の王にそれぞれ建国王の称号が贈られているからだったらしい。

何とかややこしい理論だろう、と二人の会話を聞きながら、レティシエルは近くの展示品を軽く見て回ることにした。

先ほどジークが言っていた盲目王という王に関する展示は、入り口から入ってすぐのところにドンと広く鎮座していた。

しかもベバルの建国王の展示は部屋の隅におまけ程度にあるくらいで、むしろアレスターの建国王に関する資料や遺物しかないような……。

「盲目王についての展示が多いのは、単純に残っている物的資料が一番多いからです」

「……！」

「そもそも、ベバルの建国王が生きていたのは、千年戦争終戦直後の混乱期で資料が少ないですし、国を建国したことと、大陸暦を導入したこと以外目立った歴史的な活躍がありませんでしたので」

いつの間に話し終わっていたのか、近くまでやってきたギルムが心を読んだかのようにレティシエルの疑問に的確に答えてくれた。

（そんなに顔に出ていたのかな……）

そんなことを思いながら、レティシエルはそそくさと移動し展示説明を読むことに集中する。

プレートや肖像画の説明によると、盲目王は今から六百年前の大陸暦４００年代の王で、いつも両目に白い包帯を巻いていたことからそう呼ばれているらしい。

千年戦争の講和会議が行われて以降、ボレアリス山脈を越えた大陸南部でも中小国家が合併したプラティナが生まれ、つかの間の平和が訪れた。

しかし月日が流れるにつれ、ベバル王による圧政と官僚の腐敗などが進行し、民の生活は困窮を極める一方になったという。

そこへ救世主のように登場したのが、平民出身の盲目王だった。民を率いて立ち上がった彼はまず反乱を起こしてベバル朝を滅ぼし、その後周辺の国々を平定していった。

（盲目王が平定した領土が、今も王国の国土として存在しているわけね……）

そんな国民に愛された盲目王だが、残念ながら子孫には恵まれなかったらしい。子がいないまま王は他界し、彼の養子が王位を継いで今の王家まで脈々と続いている。

さらに展示を見て回っていくと、数ある展示品の中で特にレティシエルの気を引いたものがあった。

「……これは……」

それは一本の槍《やり》だった。柄の両端に刃がある双刃の槍で、一般的な槍に比べるといくらか短く、レティシエルの身長より少し長い程度である。

かなり年季が入っているようで錆《さ》びついて茶色くなっているが、ところどころに見える金箔《きんぱく》の残滓《ざんし》と色あせた宝石の数々から、作られた当時は相当豪華なものだったようだ。

展示についての説明プレートを読むと、なんでもこの槍はフィリアレギス家の初代当主が、盲目王から公爵位を賜ったときに贈られたものらしい。

本当は公爵家が保管していなければならないのだが、年月の経過による劣化が甚だしくなり、百年ほど前に保護を目的にミュージアムに寄贈されている。

「こんな槍をもらっていたのね」

正直、家の人たちの性格もあって、レティシエルはそこまでフィリアレギス家が公爵にふさわしい家だとは思っていなかったのだが、かつてはそうでもなかったようだ。

「フィリアレギス家は盲目王により任じられた王国最古で最初の公爵家です。盲目王の大陸南部平定に大きく貢献し、その功績からこちらの槍と位を賜ったのです。ご存じありませんでした？」

「……聞いたことはありますわ」

本当は初めて知った情報なのだが、なんとなく素直に知らないと言ってはいけないような気がして、レティシエルは適当にそう言って誤魔化した。

寄贈された槍を近くでよく見てみると、刃と柄の接続部には大きめな鍔《つば》がついており、そこにうっすら紋章が彫り込まれている。

盾の上で翼を広げた双頭の鳥の紋章、二つある頭のうち左は鷲《わし》、右はカラスとなっている。その紋章にレティシエルは見覚えがあった。かつて研究室の前で拾い、ギルムに鑑定を頼んだあの鈴の内側にも、同じ紋章が刻まれていた。

「初代公爵家の紋章ですね」

レティシエルが紋章を凝視していることに気づいたジークが、隣にやってくると一緒に槍を見上げた。

「ええ……」

「何か気になることでも？」

ジークの問いに、レティシエルは槍の展示コーナーに備え付けられている展示プレートに書かれた文章に目を落とす。

『なお、この紋章はフィリアレギス公爵家創設後四百年の間使われていたが、現在は新たに授けられた紋章を使用しており、この紋章の刻印は行われていない。』

そこにはこんな一文があった。レティシエルはスッとその文を指差す。

「以前、私の研究室の前に鈴が落ちていたことがありまして」

「鈴……ですか？」

「ええ。これを読んで、その鈴を思い出したんです」

内側に公爵家の初代家紋が刻まれていた、銀色の古びた小さな鈴。最初に見たときはさほど気にしていなかったが、この説明を読む限りフィリアレギス公爵家の家紋は二百年前に今の形に改められており、初代家紋の刻印は以降されていないはず。

ならば存在しないはずの初代家紋が刻まれたあの鈴は、いったいいつの時代に作られて、誰の持ち物で、どうしてレティシエルの研究室の前に落ちていたのだろう。

あの鈴は、少し前の謎の青年による襲撃の際に紛失してしまっているが、今思うとそれすらも何か意味があるのではないかと思えてくる。

「そんなことが……何かの骨董品《こっとうひん》の一部だったのでしょうか？」

「うーん……今のところそうとしか考えられないけど、本当のところどうなのか……」

話を聞いたジークも不思議そうに首をかしげた。

最近こういうことが多い気がする。情報は順調に集まっていると思うのだが、その情報同士が全くつながらなくて謎ばかりが深まっていく。

ちなみにかつてロシュフォードが持ち出してひと騒動起こした魔女殺しの聖剣もなぜか展示されていた。どうやらここに飾ってあるのはレプリカのようで、本物は調査のために国が回収していったのだという。

「あの剣、結局なんだったのでしょうか?」

「それはこちらでも何も。聖遺物であることだけはわかるのですが……」

魔女殺しの聖剣のレプリカを見ながらジークはギルムにそう訊《たず》ねたが、ギルムも首をかしげるだけだった。

「あらかた見終わりましたね」

「そうですね、次の場所に行きましょうか」

それからもうしばらく時間をかけ、他の全ての展示を見てから、レティシエルとジークは顔を見合わせて頷《うなず》きあう。

「よろしければ館内をご案内いたしましょうか?　この広いミュージアム内をお二人だけで回られるのは大変でしょう」

次の展示室に移動しようとしていたレティシエルたちに、ギルムはそんな申し出をしてきた。

「え……お気遣いはありがたいのですが……お仕事の邪魔になりませんか？」

「いえ、来館された方々を案内することも学芸員の仕事の一つです」

そう言ってギルムはニコリと微笑《ほほえ》む。レティシエルとジークはしばらく互いに顔を見合わせ、やがて打ち合わせをしたわけでもなくそろって頷いた。

こうして二人はギルムに案内されながら他の展示を見て回ることになった。やっぱり展示に詳しい人がいるだけで、何かあってもすぐに聞けるし大変勉強になる。

いくつか部屋を回っていると、急に太陽の光が降り注ぐサンルームのような廊下に出た。その廊下の先には一つだけ展示室の入り口が見える。

先ほどの王国の歴史の展示室とはまた違った雰囲気の部屋で、入り口には白い大理石のアーチが複数かけられており、室内も白い壁と赤い絨毯《じゅうたん》によって統一された豪奢《ごうしゃ》なものになっていた。

「ここもまたずいぶん大きな展示室ですね」

「あぁ、こちらは聖女様の展示室になります。当館では二番目に広い展示室となっております」

そこは聖ルクレツィアという人物を扱った、あるいは彼女にまつわる品々だけを集めている展示室らしい。

その名前を聞くと、真っ先に『ルクレツィア学園』を思い浮かべるのだが、この学園ももしかしてその人物とゆかりがあるのだろうか？

王国の歴史の展示室は壁一面に展示台があったが、こちらは展示台が数個あるだけで、ガラス張りの台の中に並ぶ品々も少ない。

「聖ルクレツィア様はどんなお方だったのでしょうか？」

「民に知識を授け啓蒙《けいもう》することに生涯を捧《ささ》げ、奇跡の力で民を救い続けた奇跡の聖女様だったとされます。生まれはよくわかっていませんが、四百年ほど前に各地の聖堂や施療院などに現れて民に無償で治癒を施すようになったと伝えられています」

聖ルクレツィアは、全ての民に平等に知識と安らかな暮らしを授ける、という信念を実践し続けたため何度も異端として捕らえられたが、どんな武器も彼女を傷つけることはできず、最終的に国王が彼女の揺るぎない意思に感化されたのだという。

「万民に平等に知識を……ですか。すごい方だったのですね。では、このルクレツィア学園は……」

「はい、当時の王が資金と土地を提供し、聖女様が創建された学《まな》び舎《や》です」

国王すらも感化してしまうなんて、聖ルクレツィアはよほど凄《すご》いカリスマ性の持ち主なのだろう。

しかしそれに感心する以上に壁一面にかかる無数の絵画と押し寄せる天井画の迫力に圧倒され、レティシエルは思わず息を呑《の》み、しきりに目移りしてしまう。

「……絵画はこんなにあるのに、ゆかりの品などは少ないのですね」

レティシエルは意外そうに呟《つぶや》いた。展示物は絵画が圧倒的に多く、次に数点の彫刻がブースの入り口などの目立つ場所に配置されている。

聖人として崇《あが》められているのならもっと遺物があると思っていたが、聖ルクレツィアの聖遺物の展示は全国どこを見てもあまりない、とギルムは言う。

「あまり私物をお持ちにならなかったようで、物には執着しない方だったと言われています。聖女様についての細かな資料は残されていないので、伝承には後世の想像も含まれていると、研究者の中には存在自体に異を唱える人もいますが」

それでも数百年もの時の中で、一人の人物を主題にこれだけの作品が生み出されたことに、レティシエルは驚きを隠せなかった。

この膨大な作品群は、聖ルクレツィアが時代を超えて広くプラティナ王国の人々の間で愛され、崇拝されていた紛れもない証拠なのだろう。

「では遺物は何も残っていないのですか？」

「いえ、そういうわけではありません。例えば一番有名な遺物は『潔白のローブ』ですね。本物は王都の大聖堂に収蔵されていて、ここにはレプリカが飾ってありますが、現存する数少ない聖ルクレツィア様の聖遺物なので、絵画でも聖ルクレツィア様はよくローブ姿で描かれていますよ」

そう言ってギルムは壁にかけられた絵画たちを指し示した。言われてみれば確かに、展示室にある聖ルクレツィアの絵画は白いローブを着ていたり、羽織っていたりする姿が多い気がする。

レティシエルは再度ぐるりと展示室の絵画たちを見回すが、ふと一枚の絵画に目を留めた。

「……これは？」

レティシエルが見つけたのは、展示室の一角の壁にかけられた一枚の絵画だった。周りの絵画と比べるといささか迫力に欠け、埋もれてしまっている。

せいぜいレティシエルが片手で抱えられる程度の大きさしかない絵画だが、それでもレティシエルはどうしようもなく惹《ひ》きつけられた。

青空に見守られた緑いっぱいの草原で、白い質素なローブを着た淡いブロンドの髪の少女が風にローブの裾を揺らめかせ、裸足《はだし》で草原を駆けている。

（この少女は……だ……れ……？）

絵の中の人物になど、会ったことがあるわけもない。それでも不意に懐かしい感覚に襲われ、レティシエルは思った。

――この少女は、どこか見覚えがある、と。

「その絵が気になりますか？」

黙って絵を見つめるレティシエルに、興味を持っていると思ったのかギルムが話しかけてくる。

「それは『少女・聖ルクレツィア』というタイトルの絵画でして、聖ルクレツィア様の幼少期を描いたものです。聖ルクレツィア様をモデルとした絵の中で一番新しいものですよ」

「……」

「もちろん、これが描かれた当時には聖ルクレツィア様は亡くなられているので、モデルの方がいらっしゃいます。そのモデルとなったのが――……」

ギルムの言葉は最後まで続かなかった。その前にレティシエルが自分の頭を押さえ、痛みに顔をゆがめたからだ。

（……頭が……割れそう……！）

濁流のような激痛とともに何かが脳内を走り抜ける。

どこかの部屋が映し出される。金やサテンで彩られたその部屋の中央には大きな天蓋付きベッドが置かれ、ウェーブのかかった淡い金髪の美しい女性が座っていた。

『それで、定期測定の結果なのですが……』

ベッドのわきには白衣を着た医師と思《おぼ》しき青年が立っており、手に数枚の紙を持ちながらどこか気まずそうに眉を顰《ひそ》めていた。

『以前の測定値よりさらに魔力が下がっております』

『……』

青年の言葉に特に驚いた表情を見せることもなく、女性は何も答えずそっと深くため息を漏らした。

『このままではいずれ魔力が枯渇してしまうでしょう』

『……それでも、あの子が無事でいてくれるのなら、それで……』

その会話を、部屋の外からこっそり聞いている二人の幼子がいた。一人は白銀の髪に左右異なる色の瞳の少女、もう一人は赤いミディアムヘアの少女である。

『……あんなこと、言ってるよ？』

『うーん』

銀髪の少女がそう聞いても、赤髪の少女は顎に人差し指を当てて首をかしげるだけで、あまり悲観的な様子は見せない。

『でも、あんながいそんなに気にしてないんだよ。だって魔力って、あってもあんまり使わないもん』

クルリとその場で一回転し、本当に何でもなさそうに赤髪の少女はニカッと歯を見せて笑ってみせた。

『それに、なくなったらなくなったで、私もドロシーちゃんとおそろいだよ！』

『……そう、かもしれないけど……』

無邪気に笑ってそう言う赤髪の少女に、銀髪の少女は複雑そうな顔でギュッと両手を胸の前で握りしめる。

『それよりお外であそぼうよ！　今日はあさからそくていばっかりだし、お兄さまもあそんでくれないし、つまんないの～』

『え……だいじょうぶなの？』

『だいじょぶ！　だって外でちゃいけないとはいわれてないもん！』

そう言い終わるや否や、少女は待ちきれないと言わんばかりに猛スピードで廊下を走り出した。

『じゃあ先にお庭にいってるよ！　中庭だからね！』

『あ、うん』

こちらに手を振りながら、赤い髪のその少女は簡素なデザインの白いワンピースを翻らせて元気よく駆けていく。

その姿は目の前にかけられている絵の中の少女と酷似していた。

「ド、ドロッセル様!?　大丈夫ですか？」

荒い息をつくレティシエルに、ギルムは慌てた様子ですぐに駆け寄ってくる。

「ちょっとふらついてしまって……。すみません、お話の途中に」

「そんなこと気になさらないでください。具合がすぐれませんか？　でしたら休憩室で休まれたほうが……」

「本当に大丈夫です。それよりもさっきのモデルの話、詳しく教えてもらえますか？」

こちらを案じてくれるのはとても嬉《うれ》しいが、ギルムが先ほど言いかけた話にレティシエルは強い関心を抱いていた。

　この絵に描かれている人物と、瓜二つ《うりふた》の人物がレティシエルの記憶にも登場した。ならばこの絵のモデルになったのは誰？

「……こちらの絵は、第一王女アレクシア様をモデルにして描かれたものです」

　未《いま》だ心配そうな表情を浮かべているギルムだったが、レティシエルが引かないとわかると話の続きをしてくれた。

『少女・聖ルクレツィア』は宮中の画家によって生み出された作品で、描かれたのは今からわずか十年前なのだそうだ。

　その画家はもともと聖ルクレツィアの絵を描くつもりはなかったらしいが、中庭で駆け回る王女を偶然目撃し、強烈なインスピレーションを受けて一夜でこの絵を描き上げた、という逸話が残されている。

（もしかして『アレクちゃん』って……）

　アレクシアの愛称だったのだろうか。ドロッセルは公爵令嬢だから王女の遊び相手になっていても不思議ではないし、そう考えるといろいろと合点が行く。

（……なら、前に見たあの記憶の中にいた少年は……）

　かつてジークと時計を修理したときに見た記憶にもアレクシアと思しき少女がいた。でもその記憶の中には、もう一人時計を修理する少年の姿があった。少女がアレクシアなのだとしたら、あの少年は誰なのだろう。アレクシアとはどういう関係性だったのか。

「あ、ギルムさん、いたいた！」

ふと静かなミュージアムの廊下に足音が響き、角を曲がって知らない男性が走ってきた。ギルムと同じ装いであるため、ミュージアムの職員かと思われる。

「どうかしました？」

「ギルムさん、今手空いてたりします？　裏の倉庫整理の人手が足りないらしくて、できれば手伝っていただきたいのですが……」

そう言うと男性職員はオドオドしながらチラッとこちらの顔色をうかがった。案内の途中でそれを中断されたことを怒らないか心配しているのだろう。

「私たちでしたら大丈夫です、ギルムさんはそちらを手伝って差し上げてください」

「いいんですか？　ありがとうございます……」

こちらに何度も頭を下げ、ギルムは男性職員と一緒に足早に去っていった。

やがて二人分の足音が聞こえなくなると、ジークはレティシエルのほうを振り返る。

「ドロッセル嬢、今日はこのくらいにしておきましょうか」

「え？　まだ半分も回っていませんよ？」

入り口で見た順路は覚えているため、この展示室が全体の三分の一程度の位置にあることをレティシエルは記憶していた。

正午までかなり時間は残されているのに、どうしてこのタイミングで回るのをやめてしまうのだろう？

「確かにそうですが、それよりドロッセル嬢の体調のほうが心配です。ひどい顔色ですよ」

「……」

思わず自分の顔に触れる。自分の顔色を見ることはできないが、普段よりも指先に伝わる体温は低かった。

「ミュージアムも展示品も逃げませんし、今日で全部見終わる必要はありません。また今度いくらでも来れますよ」

「……ありがとう」

なんだか変に気を遣わせてしまったみたいで申し訳なかったが、レティシエルはジークの厚意に素直に甘えることにした。

今は平気のようにふるまっているが、実はつま先まで体が冷え切っていて、立っているのもかなり辛《つら》い。

「……！　ドロッセル、ここにいたか！　捜したぞ！」

レティシエルたちが外に出ると、ちょうどルーカスが息を切らしてミュージアム前の長い階段を駆け上がってくるところだった。

「学園長？　どうしました？」

そんなルーカスの様子にはさすがにレティシエルも驚いてしまう。よほど慌てていたのか額には大粒の汗をかき、息も絶え絶えである。

「どうしたもこうしたもない、これを見ろ」

レティシエルの質問に対して、ルーカスは手に持っていた一枚の紙をずいと差し出してきた。ずっと握りしめていたのだろう、紙はシワになっていた。

レティシエルは怪訝《けげん》に思いつつもルーカスの手から新聞を受け取る。題字には大きく、号外新聞と書かれている。

「……え？」

そしてその新聞の一枚目の記事を読んで、レティシエルの口からは驚愕《きようがく》の声が漏れた。

『フィリアレギス公爵領北部の山村で民衆が蜂起、既に領内各地に混乱が拡散し、現在領都では大規模な暴動へと発展』

そこには確かにデカデカとそう書かれていたのだ。

# 閑章　王家の心

王都ニルヴァーンの中心に立つヴィアトリス王城、その中にある王の部屋では、王国の高級官僚たちを交えた会議が行われていた。

その議論を聞きながらライオネルは静かに会議の様子を観察する。この国では月に数回こういった会議が開かれ、討論することで上層部の意見をすり合わせている。

本来この会議にライオネルたち王子は参加しなくてもいいのだが、王国の現状を手っ取り早く知るためにも、ライオネルは毎回の会議に欠かさず出席している。

「やはりこの案しかありませんな……殿下もそう思われませんか？」

「さぁ、どうかなー」

白髪とシワが目立つ老執政官が、第三王子エーデルハルトに問いを向けた。しかし当の本人は壁に寄りかかって話を聞きながらもどこか退屈そうにしている。

普段からあちこち旅してばかりで全く城に寄り付かないこの弟だが、どうやら付き人の女性に強引に連れて帰ってこられたらしい。

（……不毛なやり取りだな）

その様子を横目に見ながら、ライオネルは内心そんなことを考えていた。

この会議はただ政策について議論するだけの場ではない。高級官僚たちの会議での発言や思考の柔軟さなどを評価し、より優秀な執政官を選出する場でもあるのだ。

プラティナ王国の中枢を担う高級官僚もとい執政官の座は少なく、だからこそ競争も激しく、努力し続けなければあっという間に引きずりおろされる。

過去には数か月で執政官が交代するという王の時代もあったが、現在は父王の即位後ほんの数回しか交代がない。それだけオズワルドの執政官は優秀なのだ。

それに引き換え、あの老執政官は先ほどからずっと似たような提案をし続けており、しかも自分の出した案に何も問題はないと思っている。

（それはエーデルハルトも退屈するわけだ）

家の推薦で最近昇進してきた者だが、近いうちに降格されるだろうな、と手元の資料を気まぐれにめくりながらライオネルは議論に耳を傾けていた。

「……そういえばライオネル、お主、ドロッセルに魔術講義を依頼したそうだな」

討論が一度落ち着いた頃、会議机の一番奥に座っている父王オズワルドは思い出したかのようにライオネルにそう訊《たず》ねた。

「はい、父上。当の本人には断られてしまいましたが」

「そうか。まぁ、あの娘の性格からしてそうなるであろうな」

ククククとどこか楽しそうに笑い、オズワルドはテーブルに頬杖《ほおづえ》をついてニヤリと含みのある笑みをライオネルに向けた。

「のう、ライオネル。お前はなぜこのタイミングでドロッセルにそれを依頼したのだ？」

父王のそのいたずらっ子のような不敵な笑みに、ライオネルは覚えがあった。

（……相変わらず、父上は厄介なお方だ）

こちらが何を意図して行動したのか、聞かずとも気づいているだろうに、とライオネルは内心苦笑する。

オズワルドは昔から人を試すことを好む。あらゆる問題に対して、たとえ結末や理由が分かり切っていたとしても、必ず相手に自身の言葉での説明を求める。そうやって我が子や配下たちを試そうとする。

「父上もご存じの通り、現在の世界情勢は緊迫しつつあります」

だから彼を慕い、追いかける者はそれに応え続けなければならない。オズワルドをまっすぐ見据え、ライオネルは話し始める。

「大陸暦989年に起きたスフィリア戦争、それから十一年が経過した今、再び動きを見せるラピス國《こく》を警戒するにあたり、十一年前と同じ轍《てつ》を踏まないためにも、今ある最も強い力である魔術をもって戦力の増強を図ることが、一番有効な手立てだと判断しての行動です」

「ふむ、一理あるな」

ライオネルの説明に、オズワルドはそう相槌《あいづち》を打つが、特に驚きもしなければ反対もしなかった。

「しかしイーリス帝国のことを失念してはおらぬか？　かの国がいかに魔法を毛嫌いして

いるかは、実際に留学したお主が一番ようわかっておるだろう？」

「はい、もちろんです。ですが、帝国に留学したからこそ、私はなおさら魔術の導入が必要だと考えています」

イーリス帝国に留学して、ライオネルが一番驚いたのは帝国と自国の技術力の差だった。魔法を一切禁じているかの国では、代わりにアルマ・リアクタと呼ばれる特殊な装置と仕組みが確立されており、それによって国中に安定したエネルギー供給を行っていた。

さらにアルマ・リアクタは帝国民の生活を支えるだけでなく、そのエネルギーをもって強力な軍事力も生み出していた。

「我が国と帝国は確かに同盟関係にありますが、それがずっと続くという保証はありません。近年は帝国側の情勢も不安定な状況にありますし、あちらには今も魔法を使うこちらに対して不信感と嫌悪感を抱く者も少なくありません」

アルマ・リアクタの仕組みについては国家機密につき解明できなかったが、それに対抗できる手段としてライオネルは魔術に価値を見出《みいだ》している。

「帝国より贈られた銃と呼ばれる新しい武器の存在からも、その技術力の高さはご理解いただけていると思います」

「ふむ……」

あの筒状の武器は九年前、スフィリア戦争終結後に両国が同盟を締結した際、友好の品として帝国から贈呈されたのが最初だった。

生産が難しく、数が極少数しかないため輸入では全く手に入らず、国内でもひそかに研究開発が行われているが、実用化にこぎつけられるほどの物が完成する兆しは皆無であるのが現実だ。

「我が国の防御魔法は、現状銃の弾丸を弾《はじ》くことは辛うじて可能ですが、それ以上の威力を持った兵器の防御には全く機能しません。魔法威力の底上げが困難なのであれば、より高い威力と性能を持つ力の導入が不可欠だと考えた次第でございます」

銃だけではない、イーリスではアルマ・リアクタで生み出したエネルギーを動力とする軍事兵器も開発されており、今のプラティナの技術では到底太刀打ちできない。

彼女の説得に魔法省長官を連れていったのは説得力を上げるためだが、技術が上がれば魔法省の立ち位置も上がるし、いわゆる利害の一致の結果でもある。

「そうだな。だがわが国にはその力を受け入れるための技術も制度も不足している、今はまだ時期が早い」

「はい」

オズワルドのその一言に、やっぱり全部わかっていたではないか、と少し悔しく思いつつもライオネルは微笑《ほほえ》んだ。父親のこのやり方がライオネルは嫌いではなかった。

「し、失礼いたします！」

そこへ荒々しいノックとともに一人の兵士が会議室に駆け込んできた。息も切れ切れで、相当慌てている様子だ。

「騒がしいな、何用だ？」

「も、申し訳ございません！　ですが、急ぎお伝えしなければならないことが」

息を荒らげていたのはわずかな一瞬で、王の御前に立った兵士はすぐに体勢を立て直した。

「フィリアレギス公爵領にて、反乱が起きたとのことです！」

兵士がもたらしたその報告に、会議室に集まった者たちから動揺の声が広がる。

「公爵領で反乱だって？　どういうことだ？」

「この情勢が不安なときに反乱とは……あの場所は帝国ともラピスとも近いだろう？　両国との関係に影響を及ぼさないのか？」

「……」

突然の事態に官僚たちがざわついていると、それまでずっと黙っていたエーデルハルトが静かに口を開いた。

「父上、鎮圧軍の編制はいつ行いますか？」

「このあとすぐにでもだ。軍の編制がどうかしたか？」

「それ、俺に総大将をやらせてもらえませんか？」

その発言があまりにも予想外で、その場にいた全ての人が一斉にエーデルハルトのほうに目を向けた。

ライオネルもまた、ここでエーデルハルトがそんなことを言い出すとは考えておらず、思わず弟の顔をじっと凝視してしまう。

「ほう、お主が立候補するなど珍しい。いいだろう、許可しよう」

「ありがとうございます」

そのあと、議論途中だった議題については反乱の対応が落ち着いてから日を改めて検討することとし、会議は終了した。

「珍しいね、お前が自分から手を挙げるなんて。面倒事は嫌いではなかったのか？」

官僚全員がいそいそとそれぞれの仕事や、緊急事態に備えるために部屋から退出していく中、ライオネルは弟に声をかけた。

「人聞きが悪いですよ、兄上。面倒事が嫌いなんじゃなくて、必要のない面倒事が嫌いなだけですって」

俺を何だと思ってるんですか、と眉を顰《ひそ》めてムッと口をとがらせるエーデルハルトにライオネルはクスクスと笑った。

フィリアレギス公爵領での反乱に、官僚たちはざわめいていたが、ライオネルたちはさほど驚いていない。

かの領地の政治が不安定であることはわかっていたし、そもそもそれを報告してきたのはエーデルハルトだ。

「自分から手を挙げたんだ、成すべき役割は果たしますよ。……気になることもあるし」

「……ん？　何か言ったか？」

「いや、何でもないですよー。じゃあ俺は行きますね」

今エーデルハルトが最後に小声で何か言ったような気がしたが、本人はそれに言及することなくそのまま去っていった。

「……」

そして会議室では、オズワルドだけが未《いま》だ椅子に座りながら一人物思いにふけっていた。そんな父の様子をチラリと見て、しかし声をかけることなくライオネルもそっと部屋から退出する。

「……いつのことを、思い出しておられます？」

ドアが完全に閉まる直前、オズワルド以外誰もいないはずの会議室から老人の声が聞こえてきた。

そのまま立ち去ってもよかったのだが、ライオネルはドアのわずかな隙間から室内の様子をうかがった。

部屋の中では、変わらずオズワルドが椅子に腰かけていた。しかし一人ではない。いつ、どこから現れたのか、王の傍らには黒いマントと白いひげの小柄な人物が立っていた。

「……相変わらずお主は人の考えを的確に見抜いてくるのう、デイヴィッド」

黒い人影にそう返し、ハハハと小さく笑い声をたてる父は、宰相であるシリウスにも見せないような砕けた態度だった。

あの謎の老人について、話を聞こうとしても父は決して口外しようとはしないが、同じ王族であるライオネルやエーデルハルトは何となくその存在を知っていた。

とは言っても、ライオネルたちが知っている情報は、せいぜいこの人物が何代か前の王の時代から、ずっと国王のそば、その影に潜んでいたことくらいで、彼が何者なのか、何の目的でずっと王の隣にとどまっているのかは何もわからない。

「あれから十一年か……早いな。思えば十三年前の夜、空にあの星が昇ってから不穏なことばかり起きているとは思わないかのう？」

「赤い星、通称災いの星でございますなぁ。陛下は赤い星の災厄を信じておるのですか？」

「いや。だがこの国や世界で事件が起きていることは変わらんだろう」

「そうですなぁ」

デイヴィッドと呼ばれた老人はそこでいったん言葉を切り、一呼吸挟んでから再び話し始める。

「……なぜ、第三王子殿下がフィリアレギス領に赴くことを許したのです？　あの地が彼にとってどんな意味を持っているのか、知らぬあなたではないでしょう」

「あぁ、知っておる。エーデルハルトだけではない。あの地は儂《わし》とライオネルにとっても忘れることなど到底できまい。だが、あやつがそれを望んだ」

「……あのご令嬢もまた、あの場所に向かいますよ」

「……あの場所であの二人が再会するのか……皮肉なものだな」

それ以上聞くことはせず、ライオネルは会議室から離れることを選んだ。十一年前の事件は、今も記憶の奥底でチリチリと燃えてくすぶっている。

# 三章　フィリアレギス公爵領

だだっ広い平原の中に延びる一本道の街道を、一台の馬車が土煙をあげながら猛スピードで走り去っていく。

前方から後ろへと流れていく強風に、御者席に座っている人物がかぶっていたフードはすっかり外れてしまい、銀色の長い髪が風にもまれて荒々しくなびいている。

「あ、あの！　こんなに速くて、だ、大丈夫なのですか!?」

御者席の後ろにある小窓が開き、中から心配そうなルヴィクの声が聞こえてくる。心なしか声が少し震えている。

「大丈夫！　とにかくしがみついていて！」

「は、はい！」

振り落とされないよう馬車には魔術で強化と固定、振動軽減を施しているが、さすがに車内空間そのものまでは固定できないので、乗っているルヴィクには大分無理をさせている。

ルヴィクの言葉に、レティシエルは振り向かずに叫び返した。轟々《ごうごう》と吹き付ける風の音がうるさいので、こうでもしないと聞こえないのだ。

記憶をさかのぼること一日前、ルーカスから公爵領反乱の話を聞いたあと、レティシエルはジークと別れてすぐさま屋敷に戻った。

屋敷に帰ると、ルヴィクが真っ青な顔で新聞を握りしめて立ち尽くしていた。

『少し前に屋敷にも号外新聞が配られまして、それを読んで呆然《ぼうぜん》としてしまいまして……』

彼に代わってクラウドが事情を説明してくれた。どうやら反乱の中心地付近にニコルの故郷があるようで、気が気でないのだという。

ニコルは少し前にレティシエルが十日間の休暇を与えて、ちょうど帰省している。まさかこんなタイミングで反乱が起きてしまうとは。

すぐにでも領地で何が起きているのか確かめに行こうとしたが、ニコルのことを案じたルヴィクも同行を申し出てきて、結局一緒に領地に行くことになって今に至る。

ちなみにレティシエルたちが留守にしている間はクラウドが一時的に屋敷に泊まり込み、留守番してくれている。

そして本来片道二日はかかる距離を、馬車の構造強化と馬の身体強化をフルに活用して、レティシエルたちは一日で公爵領に到着していた。

ちょうど馬車が領境に差し掛かったとき、レティシエルはそこに兵士なのか傭兵《ようへい》なのか、とにかく武装して黒いバンダナをつけた男がいることに気づいた。

(反乱が起きたから公爵家が領境を封鎖し始めているのかしら?)

そんなことを内心思いながらも、全く馬車の速度を緩めようとしないレティシエル。

男たちもまた、猛スピードで突っ込んでくる馬車を見つけており、各々の武器を構えて止めようとしている。

手綱から右手を放し、レティシエルは前方に手をかざすと魔術を展開する。緑色に輝く複数の魔導術式が無作為に地面に浮き上がり、そこから一斉に風が巻き起こる。

砂の交じったその風には、男たちも目を開けてはいられなくなり、彼らは武器を持ちながらも吹き飛ばされないようその場で踏ん張ることで精いっぱいだった。

その横を馬車は猛然とすり抜けた。何人かの兵士は風魔術に晒《さら》されながらも追撃しようとしてきたが、馬車はあっという間に見えなくなった。

一度領境を抜けると、以降は兵士を見かけなくなった。確か新聞では反乱は一部の場所だけと報じていたので、おそらくほとんどの軍勢は反乱の鎮圧に出動しているのだろう。

「……ルヴィク！　あそこに見える村かしら？」

さらに走り続けることしばらく、太陽が西の空に差し掛かった頃、馬車の進行方向に小さな村が見えてきた。

小窓を開け、レティシエルは車内にいるルヴィクに問いかける。自分が操縦に集中している分、村の特定や道筋の確認は全てルヴィクに任せているのだ。

「……！　はい！　そうです！　あれがメルド村です！」

どうやらニコルの故郷はメルド村という名前のようだ。レティシエルの質問にルヴィクは馬車の窓から顔をのぞかせ、村を見るとあっと声を上げた。

その返答にレティシエルは馬車にかけていた魔術を解いて速度を落とし、手綱を操りながらゆっくりとメルド村に近づいていく。

村が近づくにつれ、村の状態が少しずつ見えてきた。念のためにレティシエルは外れていたフードをかぶりなおす。

柵で囲まれたメルド村は静寂そのものだった。秋のこの頃、収穫などで聞こえてくるはずの声もなく、所々に燃えた木々の残骸がある。

その寂寥《せきりょう》とした景色は柵を抜けた先、村の中にも同じように続いている。通りには人影はなく、作物が植えられていただろう畑では、枯れた植物が風に揺られて少しずつその形を崩していた。

（……ここは反乱の中心地ではないのに、ここまで荒れているなんて）

一部が焼け落ちて崩れている村の入り口で馬車を止め、レティシエルは御者席から降りる。目の前の光景が、千年前の記憶と重なって胸がきしむ。

「……誰も、いないのかしら」

「ニコルもその母君も、無事ですよね……？」

「信じましょう、きっと大丈夫よ」

後を追って馬車を降りたルヴィクとそんなことを話していると、閉ざされた家々の扉が開き、そこから数人の村人が出てきた。

みんな不安げな表情で手に何かしら物を持っており、それは石ころだったり、クワだったり、人によって違う。

レティシエルが使っているこの馬車は、質素ではあるが公爵家の家紋がしっかり描かれているのだから、警戒するのは当然だろう。

（でもどうして、男性がこんなに少ないのかしら？）

村の入り口に集まってきた村人たちを見て、レティシエルは純粋な疑問を抱いた。

中年以下の男性の姿がほとんどなく、集まってきているのは老人や女・子供だけだったのだ。若い男性も数人いるが、みんな体が細く、顔色も優れない。

「……何者じゃ？」

村人たちの中にいた、ひときわ高齢で村長と思われる老人は、杖《つえ》をつきながらレティシエルを鋭い目で観察する。

それが合図となって、他の村人の視線も一斉に突き刺さってきた。彼らの目には一様に疑念が渦巻いている。

何か言おうとしたルヴィクを押し留《とど》め、レティシエルは自ら村人たちの前に歩み出た。どうせ隠し通せるものでもない。

フードをかぶっていたレティシエルだが、この至近距離ではフードがあってもなくても顔は見えてしまうのであまり意味はない。

透けるような白銀の髪、赤と青の異なる色の瞳。フードの下から垣間見《かいまみ》えた容姿に村人たちはハッと息を呑《の》んだ。

「ドロッセル＝ノア＝フィリアレギス……」

誰が呟《つぶや》いたのかはわからない。しかしこの容貌を知らない者はいなかった。それだけ、ドロッセルの外見は、公爵家の中でも外でも特異なものなのだ。

「……」

村長もまたレティシエルの登場に目を見開いていたが、やがて静かに笑みを浮かべた。そう、笑ったのだ。

「また、この地を訪れることを決意されたのですね」

「……？」

このご老人はいったい何の話をしているのだろう、とレティシエルは思わず首をかしげてしまう。

暴動を起こすほどなのだから、民の公爵家への憎悪は激しいはずだ。その公爵家の一員が目の前にいるのに、どうしてこんなに穏やかでいられるのだろう。

他の村人たちも、レティシエルの正体を悟ってから空気は一変しており、警戒を解いているわけではないが、あからさまに敵対心をむき出しにすることもなくなっていた。

「ドロッセル様、一つお聞かせ願えますか？」

「なんでしょう？」

「あなた様は、何を成そうとこの地に参ったのでしょう？　気まぐれですか？　それともご家族を止めに来られたのですか？」

レティシエルの目をしかと見据え、村長はそう問いかけてきた。その目に拒絶の色はないが、彼はこの質問で何かを見定めようとしている、そんな気がした。

「そうね、その二択で答えるのなら、後者が私の領地に赴いた目的ではあるわ」

今のご時世、貴族相手にここまで毅然《きぜん》と話しかけられる庶民も珍しいのではないだろうか、なんて思いながらレティシエルは村長に答える。

「でもそうしようと思った理由は単純よ。公爵家が民を苦しめているのなら、同じくそこに身を置いている私には彼らを止める義務があると思った、それだけよ」

「……」

「それに、貴族が領民を守るのは当たり前のことでしょう？　民が理不尽に虐げられることを見過ごすわけにはいきません」

それを聞いて村長は小さく息をついた。彼らの前に突如現れたこのフィリアレギス家の令嬢は、一片の迷いもなくそう言い切った。

公爵領に暮らす彼らにとって、貴族とは民の上に立って偉そうにふんぞり返って、何かあると民から搾取する存在だと思っていた。

だけど公爵家にはこんなにも気高い方がいたのだと、村長は太陽を見上げたときのようにまぶしそうに目を細める。

「……そうでしたね。あなたはそういうお方でございましたな」

「……??」

彼の中では何か納得した様子だが、レティシエルは相変わらず何が何だかわからない。

今の会話で、彼はレティシエルの……いや、ドロッセルの何を見たのだろう。

「あなた様はやはり民に慈悲深いお方でございますな……」

どこか安心したようにそう言いながら、村長は杖を突いてレティシエルの前までやってくると、ゆっくりと頭を下げた。

「どうぞ村へお入りください。あなた様は儂《わし》らの敵ではありません」

これに驚いたのはレティシエルだった。自分は一応フィリアレギス家の令嬢という立場だし、絶対に一悶着《ひともんちゃく》あると覚悟していたのだ。

「……ねぇ、ルヴィク。どういうこと？」

「さ、さぁ……」

勢いでルヴィクにそんなことを聞いてみたが、返ってきたのはやっぱりレティシエルと同じく戸惑いを隠せない答えだった。

（ドロッセルは昔にもこの村に来たことがあるのかな……？）

村長のセリフの意味はわからないが、その口ぶりは明らかに過去のドロッセルを知っている。この村にとって、『ドロッセル』はどんな存在だったのだろう。

ともかく、こうしてレティシエルは無事ニコルの村に足を踏み入れることができたのだった。

＊＊＊

メルド村に入ったレティシエルとルヴィクは、村長の案内で彼の家に招かれた。

「どうぞおかけください、何もありませんが……」

「いいえ、私はただの連れですし、どうぞお構いなく」

自分のことを連れだと言う公爵令嬢がどこにいるのか、と突っ込まれそうだが、レティシエルは大真面目である。

茶の準備をしようとする村長を、レティシエルは慌てて止める。新聞で読んだ以上に村の様子は悲惨だった。そんな状態で自分だけ茶をいただくなどできるわけがない。

窓の外には、汚れた服を着てうずくまっている人、食べ物を探して空の籠を漁《あさ》っている人、ひび割れて雑草も生えていない畑を必死に耕そうとしている人たちの姿が見える。

「……っ」

目の前に広がる光景そのものが、千年前に見ていた景色と重なって息が詰まる。

あの頃は王族と言えど贅沢《ぜいたく》は許されないほど貧乏で、市井にこんな村があるのも仕方のない時代だった。

しかし、平和で豊かになったはずの今の世界で、戦が原因ではなくして生まれたこの悲劇に、レティシエルは心の底から痛ましさと悔しさを感じた。

（……暴動が起きたのは、確かこの隣の村だったよね）

暴動に直接かかわっていないこの村でこれほどの被害を受けているのなら、隣村はいったいどうなっているのか。

「どうして私を村に招き入れたのですか？　私はフィリアレギス家の人間なのに」

目の前に座った村長に視線を戻し、開口一番レティシエルはそう訊《たず》ねた。

ここに来るまでの道中、ずっとそのことを考えていた。村の様子を見て、この惨状を引き起こしたのが自分の実家であるなら、自分は恨まれていても不思議ではない。

暗殺が目的……なんて物騒な思考も一瞬脳裏をよぎったが、村長の目や態度からそんな雰囲気はみじんも感じられない。

「そうですね……確かにあなた様は公爵家のご令嬢ですが、儂らにとっては恩人でもあるのです」

「……恩人？」

レティシエルは首をかしげる。彼女が知るドロッセルの評価はマイナスなものばかりで、ドロッセルに感謝をしている人間がルヴィクたち以外にもいるとは予想外だった。

「ええ。当時、あなた様はまだお小さかったので、覚えておられないと思いますが……」

そう前置きして、村長はレティシエルに十一年前の出来事を話してくれた。

ラピス國《こく》との国境線であるボレアリス山脈のふもとに位置するこの村は、目立った特産品もなく、土壌もそこまで肥えていないさびれた山村だった。

見どころはせいぜい村のはずれにあった花畑くらいで、村人たちも裕福ではないがそれなりの生活を保っていたため、村の現状を変えようという意識はなかった。

そんなとき、何の気まぐれかこの村に立ち寄った幼いドロッセルが、村のはずれの花畑を見てこう言ったのだ。

『ここはとってもキレイなお花が咲くのね。染料とかにしたらきっとキレイなんじゃないかな？』

最初は、幼い子どもの発言だし、村人たちもさほど真に受けてはいなかった。

しかしどうしてもその言葉が気になった男性が、試しに花畑の花を使って布を染めてみた。

すると彼女の言っていた通り、出来上がった布はこれまで自分たちが見たこともないほど色鮮やかで美しかったのだ。

男が試しにそれを村に立ち寄った行商人に売ったところかなりの高値が付き、村の土壌は花を育てるのに適していることが判明した。

「その男の人って、もしかして……」

「はい、儂でございます」

レティシエルの問いに、ちょっと照れ臭そうに村長は小さく頷《うなず》いた。

それ以降この村は染色の村として栄え、村人たちはより安定した生活を送れるようになったのだ。

「だからみな、ドロッセル様には感謝しておるのです。あなた様が意図しておっしゃったのかはわかりませんが、結果としてその一言で儂らは救われたのですから」

「そうでしたか……」

話を聞きながら、レティシエルはドロッセルのことを考えていた。

周囲の印象と、本来のドロッセルの性格がかけ離れていることはこのところかなり実感していた。

（この子には、いったい何枚の仮面があるの……？）

聞く人、聞く人、出てくるドロッセルの評価はみんなバラバラ。だったらドロッセルは一人だったとき、どんな人だったのだろう。

「お礼を申し上げたかったのですが、あの出来事以来ドロッセル様は領地にいらっしゃらないようになられたので……」

「……？　すみません。『あの出来事』というのは？」

レティシエルとしては純粋な疑問だった。しかしその問いを向けられた村長はハッと目を見開き、あからさまに動揺した。

「……ッ！　す、すみません。不躾《ぶしつけ》なことを言いました」

「い、いえ、大丈夫ですから……！」

なぜか勢いよく頭を下げられて、訳がわからないままレティシエルは慌ててそう言うしかなかった。

「えっと……」

「本当に申し訳ありません。ドロッセル様にも思い出したくないことがございますよね。

忘れていたほうがいいという記憶もありますから」

村長は早口でそうまくし立てると、少し水を飲んできます、と言ってそそくさとキッチンのほうへと消えていった。

「……ルヴィク、どういうこと？」

茫然《ぼうぜん》と村長の後ろ姿を見送ってから、レティシエルは後ろを振り返り、ずっと背後に控えていたルヴィクに尋ねた。

「すみません……私にも、何が何だか……」

ルヴィクもまた困惑した表情を浮かべていた。彼にも心当たりはないらしい。

「確かに私は十一年前……お嬢様が六つのときからお仕えしていますが、私がお嬢様に雇われたのは年の暮れ頃ですので……」

それより前の出来事はわからない。最後まで言わなかったが、ルヴィクはそう言いたいのだろう。

どうやらドロッセルがルヴィクと出会う前、六歳のときに領地で彼女の身に何かが起きたらしい。しかし村長が口にすることをためらうほどの出来事とはいったいどんなものなのか。

（……私より周りの人間のほうが私に詳しいなんて、変な感じね）

村長が戻ってくるまでの間、暗くなりつつある窓の外を眺めながらレティシエルは複雑な心情に陥ってしまった。

「すみません、ドロッセル様、お見苦しいところを……」

しばらくすると村長がキッチンから戻ってきた。水を飲んで落ち着いたようで、口調も普通に戻っている。

「いえ……あ、そうだわ」

もう一つ大切なことがあることを思い出してレティシエルは村長に訊ねた。

「ニコルは元気にしているかしら？　何日か前に休みをあげて帰ってきていると思うのだけど」

「あぁ！　ええ、あの子は元気です。今は自分の家におりますよ」

「……よかった」

まだ会ってはいないが、とりあえずニコルが無事であることを知ってレティシエルはホッと胸をなでおろした。

「ところで儂ばかりがしゃべっておりましたが、ドロッセル様はどちらで夜を明かすおつもりですか？」

聞かれてレティシエルは初めて寝泊まりについてノープランだったことを思い出した。

もっとも、前世を戦乱の真っただ中で生きていたレティシエルとしては、布と食料さえあればどこでも寝られるので全く気にしていなかったのだが。

「正直どこでもいいと思ってるわ。なんなら野宿でも構わないし」

「……!?　そ、それはいけません！」

「いけません、お嬢様！」

レティシエルは割と真面目に言ったのだが、村長とルヴィクから同時にダメ出しを喰《く》らってしまった。

「この季節に野宿なんて、風邪をめされたらどうするのですか」

「そこは魔術で防寒すれば大丈夫だと思うけど……」

「とにかくダメです！」

レティシエルとルヴィクがそんな言い合いを繰り広げていると、横から村長が恐る恐る声を挟んできた。

「あの……ニコルの家に泊まられてはいかがでしょうか？」

「ニコルの？」

「ええ。そのほうがドロッセル様も安心できるのではないですかのう？」

せっかく家族団らんをしているニコルの家にお世話になって、迷惑ではないかと思ったが、ひとまずレティシエルたちは、村長の案内でニコルの家へ向かうこととなった。

道行く村人たちも警戒を解いているわけではないが、すれ違うと挨拶をしてくれたり、会釈してくれたりと対応が大分柔らかくなっていて、レティシエルからすると逆に落ち着かない。

「ところで村長さん、この村の男性たちはどこへ行ってしまったのですか？」

途中、レティシエルは村長にそう訊ねる。村に着いたときから、村に女子供や老人しかいないことが、レティシエルはずっと気になっていたのだ。

「あぁ……男たちでしたらほとんどが領都に行っております」

「領都に？　出稼ぎですか？」

「そんなところです。ちょうど……二か月前くらいでしょうか。領都で新しい事業が展開されたとか何とかで、その……一斉にみな旅立って行きまして」

どうやらその領都への出稼ぎラッシュが、村に男がいない理由らしい。なんとなく、その新しい事業とやらに胡散臭《うさんくさ》さを感じるのはレティシエルだけだろうか。

「着きましたぞ、こちらです」

やがて案内されて着いたのは、村の中心にほど近い場所に建つ一軒のあばら家だった。

村長は扉の前まで来るとコンコンと軽くノックをした。

「はーい！」

中から女性の声が聞こえると同時に扉が開かれ、ニコルがひょっこりと顔を見せた。

「あ、じいじ……あれ！　お嬢様とルヴィクさん!?」

「こんな時間にごめんね、ニコル」

「いえいえ！　どうぞ入ってください！」

ここにレティシエルがいることに驚いた様子だが、ニコルはすぐに三人を家の中に招き入れた。

ニコルの家はとても広いとは言い難いが、室内は綺麗《きれい》に整理整頓されており、シンプル

なデザインの家具たちも相まって落ち着いた雰囲気だった。

　家に入ると、すぐ正面に部屋が一つあるのが見えた。その部屋の中にはベッドが一つ置いてあり、ニコルと同じ色の髪をした女性がそこに横たわって静かに寝息を立てていた。あの女性が、もしかして……。

「あぁ、あそこで寝てるのはお母さんです。さっきまで起きてたんですけど、やっぱり疲れちゃうらしくてまた眠ってしまって」

　母を起こしてしまわないように、ニコルは母が寝ている部屋のドアをそっと閉める。

　それでも眠り続ける母の様子が気がかりなのか、ドアが完全に閉まり切るまで母を見つめるニコルの目は不安げに揺れていた。

「安心しなさいニコル、お昼に修道士様が治療に来られたのであろう？　容体は落ち着いておるから心配するでない」

「……はい」

　一瞬暗い表情を浮かべてしまったニコルに、村長はポンと彼女の肩に手を乗せて慰めの言葉をかける。その言葉にニコルは小さく笑った。

「ニコル、何か手伝ってほしいことがあればいつでも言ってちょうだい」

「ありがとうございます。でも、大丈夫です！　このくらいはまだまだ頑張れますから！」

「……そう？　無理はしないでね」

「はい！」

両手でガッツポーズをしてみせるニコルだったが、ふと何かを思い出したように村長のほうを振り返った。

「そういえばお母さんには聞けなかったけど、じいじ、レーグおじさんは？」

「……あぁ、レーグのヤツなら今は出稼ぎに行っておるよ」

「あ、そうなんだ。おじさんも、元気にしてるかな」

おじさんの話題になった途端、村長はなぜか言いにくそうにしていたが、ニコルは気づいていない。

先ほど村長は、村の男たちは領都に出稼ぎに行っていると言っていたが、言葉を濁しているあたり、ただの出稼ぎではないような気がする。

「ニコル、お母さんはよく体調を崩されるのかしら？」

レティシエルがそう尋ねると、ニコルは少し切なそうに目を伏せる。

「ええ……お母さんは体が弱くて、ここの厳しい気候のせいで昔から秋冬になるといつも体調を崩すのです。加えて今は村もこんな状態ですし……心労も重なって長引いているのだと思います……」

「そう……」

魔術で治せるのなら治してあげたいが、傷と違って病は原因がはっきりわかっていなければ治療はできない。

「適当に座って待っててください。今お茶を持ってきますから！」

「お茶なんて用意しなくて平気よ」

「私が用意したいのです！　お茶くらいたいしたものじゃないですし、気にしないでください！」

そう言うとニコルはそそくさとキッチンへ向かっていった。普段のニコルよりも幾ばくかテンションが高かったが、それが空元気なのはなんとなく予想できた。

「ニコル、大丈夫かしら……？」

「何か少しでもできることがあれば、いいのですが……」

彼女の後ろ姿を見送りながら、レティシエルとルヴィクはそろって見ていることしかできない自分たちを歯がゆく思っていた。

「……村長さん、少々お聞きしたいことがあるのですが、構いませんか？」

「はい、なんでしょう？」

ニコルが茶の準備をしに行っている間、ただ待っているだけというのも退屈なので、レティシエルは村長と話をすることにした。

「先ほど修道士が来たと言っていましたが、このあたりに修道院があるのですか？」

「いえ、時々村に巡回に来てくださる修道士様がいらして、今日はその方が来られていたのですよ」

「そうでしたか。どちらの修道院の修道士様なのでしょう？」

いくら修道士でも、反乱が起きているこの状況で村々を歩いて民を労《ねぎら》うことには相当勇気が必要だろう。

　それを実行している人がいるのなら、機会があれば一度会ってみたいなとレティシエルは思った。

「教会の方ではないですかね？　二人組の修道士様なのですが、いつも何の前触れもなく姿を見せては、施しをして去っていかれるので儂《わし》らにもよくわからぬが」

　しかし村長の口から告げられたのは、レティシエルが予想していなかった答えだった。

（……それは少し怪しいのでは？）

　そう口にしかけたが、穏やかな笑みを浮かべて話をしている村長に、レティシエルは空気を読んでその言葉を呑《の》み込んだ。

「なるほど……診察もしてくれる修道士というのは珍しいですね」

「この村には医者もいませんし、医者に掛かろうにも多額の費用が必要ですから、修道士様の奇跡の力には本当に助けられてばかりで」

「……奇跡の力？」

「ええ。御手《おて》をかざしただけで病気も傷もたちまち治ってしまうんですよ。あれこそ伝説の聖女様の再来じゃ」

　診察というからてっきり普通に治療しているのかと思っていたが、その力とやらは魔法か何かなのだろうか。

　少なくともこの時代の魔法には、傷を治す術はあっても病まで治せるような万能的で高度な術は存在していないはずなのだが……。

「おっと、話しているうちにすっかり日が暮れてしまいましたな」

「戻られるのですか？」

「ドロッセル様もお疲れでしょうし、ニコルの家に儂がこれ以上居座っておったら余計気を遣わせてしまいますから」

ニコルの家に来たときにはまだ空も明るかったのだが、今ではすっかり日も沈み、西の空の地平線がうっすら赤色に染まっているだけだった。

「あれ？　じいじ、帰るの？」

ちょうどキッチンからお茶を持って戻ってきたニコルは、席を立って玄関に向かおうとしている村長にそう聞いた。

「うむ。もう日も暮れて来とるからな、儂もそろそろ休まないかんからのう」

「外までお送りします。二人は先に休んでいて構わないからね」

ニコルとルヴィクにそう告げ、レティシエルはすぐに村長を追いかけて家を出る。

「それでは、儂はこれで」

「……ええ」

ぺこりと村長はこちらに頭を下げるが、レティシエルは何か考え込むようにじっと目を伏せていた。

「……村長さん」

村長はそのまま踵《きびす》を返して自分の家に戻ろうとした。今を逃したらもう聞けないかもしれない、そう思いレティシエルは村長を呼び止める。

「はい」

「……本当のところ、どうなんですか？」

レティシエルのその言葉が意外だったのか、村長は大きく目を見開いてその場に立ち尽くしてしまった。

「村に男性の姿が見えない理由、村長さんは領都への出稼ぎが原因だと教えてくれましたが、他にわけがあるのではありませんか？」

そう言いながらレティシエルは村の通りを見つめる。乾いた風が吹き、道に落ちているゴミやホコリをすくい上げ、また上空から落としていた。

「先ほど、ニコルに彼女のおじさんの話をしていたときに何となく違和感を覚えました。本当に出稼ぎなら、言いよどむことはなかったはず。教えてください、この村で……この領地で本当は何が起きているのですか？」

「……」

村長はしばらくうつむいて黙り込んだが、やがて顔を上げないまま小声でポツポツ話し始めた。

「……きっかけは隣の村だったのです」

ニコルの故郷の隣村、反乱の始まりの地である村は、もともと目立った産業も持たず長らく廃れていた地方だったという。

しかしおよそ三か月前、その村周辺の村落を公爵家がまとめて直轄地として定めたのだ。そして近隣にある村や町には、健康な男性を派遣するよう命令が下された。

公爵領に限らないが、近年プラティナ王国の北部は不作続きで、この村もまたよその村に人を送れるほどの余裕はなかったが、命令には逆らえない。

そうして命じられるまま村の男性たちを出稼ぎに送り出していたら、今度は隣村からの要請がなくなり、代わりに領都でさらに大規模な人員召集を行い始めたのだ。

「それが、二か月くらい前だったと……」

「はい……。それで結局、この村も男たちはみな隣村に連行されてしまって、畑を耕せる者もいなくなってますます荒廃して……」

「二か月前……確かその頃、領都で新しい事業が興ったとおっしゃっていましたよね？」

「ええ……」

村を率いている者として、村を守るために統治者の理不尽な命令に従わざるを得ないことが歯がゆいのか、村長は唇を噛《か》んで項垂《うなだ》れた。

(その事業とやらが関係している可能性が極めて高いわね)

レティシエルの直感はそう告げているのだが、件《くだん》の事業が何を行っているのかは全く想像がつかない。

「どうして隣村や領都で人手が必要なのか、何か心当たりはありますか？」

「うーむ……」

　村長なら何か手掛かりを知っているかと思ったが、村長はやれやれというように首を横に振った。

「儂にもよくわからんのです。お偉いさん方からは何の情報もありませんし、直轄地になって以来隣村は自警団によって封鎖されてしまいましたので」

「自警団……そんな集団までいるのね」

　どうやらフィリアレギス家が最近雇った凄腕《すごうで》の傭兵《ようへい》集団のことらしい。領境に兵士たちと一緒に傭兵みたいな男たちがいたことはレティシエルも何となく覚えている。

　しかし自警団の存在を教えてくれた村長は、まるで何かにおびえるように顔色が真っ青だった。

「あの……」

　自警団と何かあったのですか？　そう聞こうとして、レティシエルは声を詰まらせた。村長の反応は、明らかに自警団を恐れているものだった。

「そ、そういえば儂ではないんですが、うちの村の者が隣村から定期的に荷馬車が出ていくところを見ていると、聞いたことはあります」

　結局言い出せずに黙っていると、村長からそう言って話題転換がなされた。

「……荷馬車？　何を運び出しているのでしょうか？」

「そこまでは……領内全体で厳しい箝口令《かんこうれい》が敷かれていますので、それに関する情報は全くと言っていいほど聞きません」

何かを運び出しているのだとしたら、それは村の中で何かが生み出されているということだろう。

しかもそんなご丁寧に箝口令まで敷いているのならますます怪しい。とりあえず、今この領地で展開されている『事業』とやらを知らないことには始まらなそうだ。

「何か、作っているのかしら……？」

「……」

ボツリと漏らされたレティシエルの独り言に、村長も黙り込んでしまう。

「隣の村から戻ってこられた方はいらっしゃるのですか？」

「いることには、いるのですが……」

その問いに返ってきたのは、村長の溜息《ためいき》交じりの小さな唸《うな》り声《ごえ》だった。村長はいったん言葉を切り、苦虫を噛み潰したような表情を浮かべた。

「何人か戻ってきた者はおったんですが、みんな人が変わったみたいに急に怒鳴り散らしたり、虚《うつ》ろな目をして何もないところに向かって喋《しゃべ》ったり、自傷行為を始めたり……」

レティシエルは腕を組んで考え込む。そのような症状が出る原因はいくつか考えられるが、この場合はどれが当てはまるのだろう。疫病か、魔法の作用か、それとも……。

「ちなみに今、この領地は誰が実権を握っているのですか？」

これはレティシエルの個人的な疑問である。領地の統治者というと普通は貴族家の当主なのだろうが、スカルロが領地に戻っている様子なんて一度も見たことない。

「実権、ですか？　領政は全てフリード様が回していると聞きましたが……」

「そう……ありがとうございます」

村長にお礼を言い、レティシエルはすぐさま自身の記憶をさかのぼる。

フリード……確かそんな名前の兄がいたような気がするが、記憶にほとんどない。本当に会ったことがないのか、それとも単にレティシエルが忘れているだけなのか……。

その後、領民の生活状況などについてもう少し聞き、村長は今度こそ自分の家へ帰っていった。それを見送り、レティシエルもまた家の中へと戻る。

「あ、おかえりなさい、お嬢様！　お話は終わりました？」

家に入ると、ニコルが真っ先にこちらに気づいた。ニコルの隣には布巾を持ったルヴィクもおり、二人でリビングの片付けをしているところらしい。

「ええ。もしかして待たせてしまったかしら？」

「いえいえ、私たちもちょうど作業が落ち着いたばかりなので！」

先ほど村長がいたときには、テーブルや流し場にはもう少しゴチャゴチャとものが置いてあったが、今は綺麗《きれい》に片付けられている。

「お母さんの具合は大丈夫？」

「はい、今は安定してます。このあと寝る前に薬を飲ませるだけです」

「そう、よかったわね」

「はい！　本当にありがとうございます、私のわがままを許していただいて、しかもわざわざこんなところまで足を運んでくださって」

「わがままだなんて思っていないわ。親の安否を案ずるのは当たり前の感情だし、ここへ来たのもただ私がニコルを心配したからにすぎないもの」

「お嬢様……」

戦や反乱などに直面していなくとも、自分の身近な人の心配を一番にするその心を、千年前の戦乱でレティシエルは何度も見てきて理解している。

「ニコルのおじさんはどんな方なの？」

さっき飲みそびれたお茶はまだテーブルの上に置かれたままだった。少しぬるくなったそのお茶を飲みながら、レティシエルはニコルにそう訊《たず》ねる。

「レーグおじさん？　おじさんはすごい人ですよ！」

おじの話題になると、途端にニコルはキラキラと目を輝かせた。

「とっても優しい人で、おじだけど私にとってはお父さんみたいな人です！　村の人たちからもすごく頼りにされていたし、兵役にも行ったことがあって、そこでの訓練のたまものもあって村では誰にも負けないくらい強いです！」

「兵役……」

「そうです！　おじさんがまだ二十代だったときの話だから少し昔ですけど、それでも自慢のおじです！」

熱弁するニコルの圧は強く、レティシエルもルヴィクもほとんど口を挟めないほどだった。それだけニコルにとって、おじの存在は大きく、尊敬できる人なのだろう。

「ところで、私たちはどのあたりで寝たらいいかしら？」

語り終えてすっきりとした表情のニコルに、お茶の最後の一口を飲みきってレティシエルは質問する。

「あ！　それでしたら、ルヴィクさんはレーグおじさんの部屋を使ってください！　それで、少し狭いので申し訳ないのですけど、お嬢様は私の部屋を――……」

「ちょっと待って。それだとニコルの寝る場所がなくなるわ」

当然のように自分の部屋を貸し出そうとするニコルに、レティシエルは慌てて待ったをかけた。

ここはニコルの家だし、レティシエルたちが好きなところで好き勝手寝るわけにはいかないだろうと考えてそう聞いただけなのだ。

家に泊めてもらえただけでも十分ありがたいのに、そこまで気を遣わせてしまうのは申し訳ない。なんなら布一枚あれば、レティシエルはリビングで寝る気満々である。

「それは大丈夫です！　私、今日はお母さんと一緒に寝ますので！」

「私はリビングで十分なんだけど……」

「そういうわけにはいきません！」

結局、ニコルの勢いに押し負けるような形で、レティシエルは彼女の言うことを承諾した。

ニコルの部屋は確かに本人が言うように狭かった。ベッドと机とクローゼット、いくつかの小さい収納があるだけのシンプルな部屋。だけどその狭さが妙に心地よかった。

自慢ではないが、リジェネローゼ王国でのレティシエルの部屋も、これに近いくらいの大きさだったので、今の屋敷の部屋など正直広すぎて全く活用できている気がしない。

ベッドの端っこに腰を下ろし、レティシエルは窓の外に目を向ける。この時代でも庶民の夜は早いようで、ほとんどの家の明かりはすでに消えている。

(……明日は、どうしようかしら?)

レティシエルがここ領地へ来たのはニコルの安否を確かめるためだけではない。この反乱の原因を作ったであろうフリードを探し、彼を止めることも目的だ。

(とりあえず隣村に行ってみる必要はあるかもしれないわね)

村長から聞いた数々の情報について整理をしながら、レティシエルは闇に沈む村の様子をぼんやり眺め続けるのだった。

＊＊＊

なかなか寝付けない夜は、翌朝決まって寝不足になるから好きではないのだが、この夜はそれがかえって助かった。

ゴロゴロとベッドの上で寝がえりを打っていたレティシエルは、地面から伝わってきたかすかな振動にいち早く気づいた。

すぐさま体を起こし、レティシエルは上着を羽織って家の外に出る。学園から帰ってすぐに旅立ったため、レティシエルは制服姿である。

明かりが消えて静まり返っている村は闇に包まれているが、その闇の向こうでオレンジ色の淡い光の帯が揺れていた。よく観察すれば、横一列に並んだ松明《たいまつ》の光のようだ。

そのままレティシエルは松明が並ぶ方向に走り出す。松明を持っているということは人が来ているのだろうが、どうにも嫌な予感がする。

「なんだ？　なんかあったか？」

「誰が来たんだ？」

レティシエルが村の外に向かう間に、異変に気づいて起き出してきた村人が数人、通りに出てきていた。

それを横目に通りを走り抜け、レティシエルは村の入り口までたどり着く。その頃には村人たちも騒ぎに気づいて入り口付近に集まってきている。

（……あれは？）

このくらいの距離まで来れば、いくら周囲が暗くても松明の明かりで来訪者たちの顔や出《い》で立《た》ちを見ることができる。

村の入り口を包囲していたのは、腰に剣や銃を携えた屈強な男たちだった。全員が革鎧《レザーアーマー》や胸当てなどで武装しており、そして全員が体のどこかしらに黒いバンダナを巻いている。

同じような格好をしていた男たちを、レティシエルは領境でも見かけた。もしかして彼らが村長の言っていた……。

「また自警団のヤツらだ……」

集まった村人の中からそんな声が漏れ聞こえてきた。やはりこの武装集団が、フリードが雇っている傭兵集団のようだ。

（まさかこんな奴《やつ》らまで関わっているなんて）

かつて遭遇した『黒鋼の騎士団』という傭兵団の所属員も、全員が黒いバンダナを巻いていた。自警団と無関係とは思えない。

黒鋼の騎士団は、イーリス帝国を相手にした人身売買を行っていた。彼らが自警団を名乗っている以上、領地の執政者であるフリードと協力的な関係にあるのは間違いない。

「……これ以上アタシらから何を奪おうというの……」

「俺たちの大事な場所を……これ以上、壊さないでくれよ……」

自警団の姿を認めるや否や、村人の間で不安や畏怖、罵倒があっという間に拡散した。

領内の治安を守っているはずの自警団が領民にここまで嫌われ恐れられるなんて、彼らは領地でいったいどんな振る舞いをしていたのか。

「……やっぱり、公爵令嬢なんて受け入れたから……」

数々の言葉に交じってそんな呟《つぶや》きも聞こえ、村人の中には困惑した目でレティシエルをチラチラと見てくる人もいた。

　この村はレティシエルに対して比較的寛容ではあったが、それでも『公爵家』の人間であることに対しては強い警戒を抱いていた。こういった反応を見せるのも不思議ではない。

　ざわつく村人たちの様子をレティシエルはしばらく見ていたが、やがて村の入り口から外に出る。

「お。そちらからわざわざ来てくださるとは光栄だね」

　レティシエルが出てくるのを見て、軍勢の先頭にいたリーダー格と思われる男はニヤリと笑った。ロクなことではなさそうだが、どうやらレティシエルに用があるらしい。

「これは何のおつもり？」

「何のつもりも何も、この村に公爵家の馬車が入ったと聞いて、隣村から様子を見に急いで飛んできただけさ」

　何が面白いのかケラケラ笑いながら、男はレティシエルの質問に答えた。レティシエルの視線がつららのように鋭く彼らに突き刺さっているとは気づかずに。

「隣村の反乱を放置してここに来るなんて、ずいぶんお暇なのね」

「アハハハハ！」

　すると男は今度こそ腹を抱えて大爆笑した。背後の自警団員たちも同様である。

「お嬢様、あんた情報が古いよ。隣村の反乱など、優秀な俺らが一日で鎮圧しちゃってるからな！」

「……」

「ま、それに便乗して都の連中まで騒ぎを起こしたことは予想外だったけど、それは俺らの仕事じゃねえからな」

レティシエルの視線が徐々に冷たくなっていくことに気づくことなく、男はそう言いながら手に持っていた剣を肩に担ぐ。

「あんた、嫌われ者だけど公爵令嬢なんだろ？　こんないつ反逆するかわからない奴らなんか放っておいて、一緒に領地の平和を守ろうじゃないか」

「……そうね」

小さな声でレティシエルは呟く。その表情は前髪などで隠されてうかがえない。

レティシエルの返事に動揺したのは、後方で彼女を見守っていた村人たちだった。彼女もまた裏切るのか、やはり公爵家の人間を信じるべきではなかった、など背後では再び混乱が大きくなる。

「へぇ、物分かりがいいお嬢様だな。それじゃあ俺たちと――……」

リーダー格の男がレティシエルの肩をつかもうと手を伸ばしてくる。しかし彼の手がレティシエルに届くことはなかった。

「がはっ……！」

何の前触れもなく男の体が宙を舞った。勢いよく体を地面に叩《たた》きつけられ、激痛とともに男は咳《せ》き込んで一瞬呼吸困難に陥る。

「領の平和を守ると豪語するなら、まずはあなたたちを捕縛しないといけないわね」

男を後ろ手に組み伏せ、背中から押さえつけながらレティシエルは冷笑を浮かべた。

男が急に飛んだ理由は簡単だ、レティシエルが自身に身体強化魔術をかけたうえで彼を背負い投げしたからだ。

「「「…………」」」

唐突な事態に、その場にいた誰もが言葉を失った。恐ろしいまでの沈黙が村人と自警団の間で流れる。

「それで？　あなたたちはどうするの？」

先ほど投げた男は、地面に叩きつけられた衝撃でそのまま気絶したらしい。

その男の首根っこを引っつかんで適当な場所に放り投げ、レティシエルは未《いま》だに間抜けな顔を晒《さら》している自警団の男たちを振り返る。

「……バ、バカにしやがって！」

しばらく茫然《ぼうぜん》としていた男たちだったが、やがて次々と武器を手にこちらへ切りかかってきた。

一斉に突っ込んでくる団員たちに、レティシエルは動じることなくスッと右手を掲げる。

その手のひらに風が集い、ぼんやりと白く丸い空気弾が生み出される。

「ぐおっ！」

レティシエルはそのまま空気弾を前方に打ち出す。弾は直線を描いて飛んで行き、先陣

を切っていた男の腹にめり込んで衝撃で彼を派手に吹っ飛ばした。

「なっ!?　お前何しやがった！」

仲間を吹っ飛ばされた男たちは、ギョッとしたように目の前に立つ白銀の髪を揺らめかす少女を見た。彼らの顔に初めて恐怖に似た表情が浮かび上がる。

「何も特別なことはしていませんよ。ただ攻撃をしただけ。あなたたちの暴挙を見過ごすことはできないので」

そう言ってレティシエルは再び魔術を発動する。今度は鮮やかなオレンジ色の火球がレティシエルの手のひらに現れた。

火球の熱が周囲にゆらゆらと陽炎《かげろう》を作り出している。もう片方の手には光球を作って、レティシエルはそれらを男たちの足元に向けて一斉に放った。

「うおぉぉ!?」

「あっつ!!」

目の前で小さく爆発した光球の閃光《せんこう》と、地面でひときわ大きく燃え上がった炎に、男たちは奇妙な悲鳴を上げる。中には驚きのあまり思いっきり尻もちをつく者もいた。

自警団の隊形が崩れたその瞬間をレティシエルは逃さず、さらに五つの火球を作り出すと追い打ちをかける。

レティシエルは別に自警団を倒すことを目的とはしていない。こんな人里の近くで大きな戦いを起こせば人々を巻き込んでしまうから、軽く脅して撤退させるつもりなのだ。

「いってぇぇ！」

火球は全て地面に吸い込まれて爆発したが、一人の男が足を押さえてうずくまった。爆発によって吹き飛んだ石などの破片で足を切ったと思われる。

味方の悲鳴に、その周辺にいた自警団員たちがたじろぐ。戦場で敵の戦意を喪失させる方法は、実は敵を殺すことではなく敵を負傷させることだったりする。

相手を殺してしまうとかえって敵の復讐心《ふくしゅうしん》や戦意をあおってしまうが、負傷させるとその怪我人《けがにん》の姿が、次は自分の番かもしれない、という恐怖や不安になって周囲に伝播《でんぱ》し、戦争の終結が早くなる場合が多い。

これも前世で戦争を繰り返した中で培った経験だが、こんな形で今の時代で役に立つなんて皮肉なものである。

「お、おい！　今日はこの辺で、か、勘弁してやらぁ……！」

光球の威力に恐れをなし、燃え盛る火球を見て男たちはその圧倒的な実力差に戦う意欲をなくし、そのまま尻尾を巻いて逃げていった。

レティシエルも特に深追いはしなかった。やがて周囲から自警団の気配が完全に消えたことを確認すると、レティシエルはフゥと小さく息をつく。

（隣村の反乱、もう鎮圧されていたとはね……）

そこが反乱の始まりだと聞いたから今も戦いが続いていると勝手に思っていた。

しかし考えてみれば山間部の寒村が、武装集団相手に渡り合えるほど十分な物資と武器を得られる可能性は物理的に低い。支配層の搾取が続いていたのならなおさらだ。

となると今回の反乱は、隣村で始まった暴動に乗じて領都の人々が蜂起し、後者の鎮圧に手間取っているために被害が拡大している、ということか。

「……あ、あの……ドロッセル様……」

名前を呼ぶ声に振り向くと、村長が恐る恐るこちらに話しかけていた。敵はいなくなったが、その表情はまだ不安そうだ。

「すみません、私が来たばかりにご迷惑をおかけして」

「い、いえ、そんな。むしろ儂《わし》らのほうがお礼を申し上げたいくらいです」

頭を下げるレティシエルに、村長は慌てた様子で首をブンブンと横に振った。

「あやつらがここへ来るのは、これが初めてではありません。これまで反撃できる力もない儂らは黙って耐えるしかできなかったのですが、今日はドロッセル様が助けてくださいました。本当にありがとうございます」

そう言うと村長は深々とお辞儀をした。後ろにいる村人たちの中にも、村長を倣って頭を下げる人が何人もいた。

「顔を上げてください、私は当然のことをしたまでです。それに、彼らを呼び寄せてしまったのも私のせいですし、感謝されるほどのものでは……」

レティシエルは慌ててそう言って村長に顔を上げさせる。

自分がこの村に来なければ、自警団がやってくることもなかったはずだ。こちらが巻き込んでしまったのに、感謝の言葉なんて受け取れない。

「いやいや、儂らが礼を言いたいのですよ。そうだとしても、ドロッセル様は儂らを見捨てなかったではないですか」

「それはそうなのですけど……」

「それに、もしかしたらドロッセル様の来訪にかかわらず、奴らは最初から今夜村に来る予定だったのかもしれません。ならやはり、ドロッセル様がいらしてくださったおかげで儂らは助かったとも考えられるではありませんか」

「……」

たくわえた顎鬚《あごひげ》を撫《な》でながら、村長はにっこりと微笑《ほほえ》んだ。なんだか良い感じに丸め込まれたような気がする。

（……とりあえず、この男を移動させましょうか）

なんとなく複雑な気分のレティシエルだったが、仲間に置いていかれた自警団の男がまだ地面で伸びているので、ひとまず彼の処置を考えることにした。

暴動が公爵家自らの勢力では鎮圧できないとなれば、おそらく国から軍が派遣される可能性が高い。

ならばこの男はいったん拘束して、後々軍に引き渡すべきだろう。未だ気絶している自警団の男をレティシエルは一瞥《いちべつ》する。

（その前に自警団の目的や活動について聞き出さないと）

いろいろと尋問したいことはあるのだが、まさか村のど真ん中でそれを行うわけにもいかない。

「村長さん、この村に今使用していない施設はありますか？　できれば村のはずれのほうがいいのですが」

「使っていない施設ですか？　それでしたら村のはずれに小さい倉庫がございます」

村長が指差す先には、暗闇にぼんやりと浮かぶ古びた小屋が見えた。あそこなら村から距離があるし、自警団の男を閉じ込めておくのにちょうど良さそうだ。

「その倉庫、しばらくお借りしてもいいですか？」

「ええ、どうぞ。構いません」

レティシエルの頼みに、村長は快く頷《うなず》いてくれた。村長に礼を言い、レティシエルは早速移動を開始しようとした。

「……？」

男を動かそうとしたとき、彼の手の甲に見慣れない刺青《いれずみ》が彫られているのをレティシエルは見つけた。

初めて見る形の模様だった。適当に彫ったのか形は少々歪《いびつ》であるが、柄《つか》が広い十字の形のロングソードに、長い蛇が絡みついているような文様だ。

（何かしら？　この紋章……）

これが意味を持つ形なのかはわからないが、あとで尋問するときにまとめて聞けばいいかと、男に浮遊魔術をかけてレティシエルはそのまま彼を連れて倉庫小屋へと向かう。

木製の古い扉を開けると、ブワッと埃《ほこり》が舞った。薄暗い倉庫の中には屋根を支える柱が何本か立っているだけで他には何もない。

土がむき出しになっている床に自警団の男を転がし、レティシエルは手のひらに水の塊を作り出すとそれを男の頭上で破裂させた。

「……!? ゲホッ！ ゴホッ!!」

大量の水が一気に男へと降り注ぎ、男が咳き込みながら目を覚ます。

「あなたが知っていることを全て話しなさい。誰の指示で動いているのか、ここでいったい何をやっていたのか」

「……ひぃぃ！ は、話す！ 話すから殺さないでくれ!!」

目を開けて真っ先に飛び込んできた、自分を叩きのめした冷たく無表情な女の顔に、男は情けない悲鳴をあげる。

「では聞くけど、あなたは公爵家直轄の警備隊ではないわよね？ その手の甲にある紋章は公爵家のものではないわ」

「お、俺たちは、黒鋼、の騎士団、っていう傭兵《ようへい》団で、これは、上からの命令で入れてる紋章で……」

「……」

あの黒いバンダナを見た時点で、その答えは予想できていた。

だけど課外活動での騒動後、黒鋼の騎士団の残党は国が軍を編制して捕縛したと風の噂《うわさ》で聞いていた。

それなのになぜ彼らは国の追及を逃れ、しかも公爵家の自警団として活動しているのだろう。

（もしやあのロングソードの紋章は、違う組織だと主張するため……？）

そんな可能性も頭に浮かんだが、裏付けられる根拠もない。レティシエルはひとまず質問を続けることにした。

「あなたたちの雇い主は誰？」

「公爵のご子息、フ、フリード様だ！」

「……そう。フリードに雇われているのなら知っているわよね？　あなたたちはこの一帯の村々で何をしているの？　この村の男性の人数が少ないことも、今回の暴動も、あなたたちが元凶ではないのかしら？」

そう言いながらレティシエルは氷結の魔術を発動させる。

レティシエルの足元の土が濁った白い氷に覆われ、それはパキパキと音を立てながら蛇のように男の足に絡みつく。

もちろん氷漬けにする気はないが効果はてきめんで、男はサッと顔を青くさせ、まるで川が決壊したようにペラペラと喋《しゃべ》り出した。

「さ、酒だよ！　俺たちはフリード様の指示で、あの村で蒸留酒の原材料を作って運んでる！」

「……蒸留酒？　民への配給もままならないというのに、今の公爵領に酒を作れるほどの食糧があるとは思えないけど？」

「お、俺たちはただ指示に従ってるだけだ！　裏のルートで品物を流しているのはフリード様だから……。い、一度団長とフリード様が話しているのを聞いたけど、支援物資がどうとか言ってた」

公爵領の飢饉《ききん》は数年前から続いていた。国から食糧の支援がなされてもおかしくはない。その支援物資まで、フリードは私腹を肥やすことに使っているのか。

「あとは酒に鉛……かなんか、よくわからんものを混ぜると甘くて美味《うま》い酒ができるとか言って、それを王都の貴族がこぞって買ってくれるんだって……」

男の言っている製酒法にレティシエルは心当たりがあった。レティシエルの生きていた千年前にも鉛は甘い調味料として重宝されていたのだ。

しかしレティシエルの故郷であるリジェネローゼ王国では、人体を蝕《むしば》み魔術稼働の効率を下げるものとして禁止されていた。

「フリードは他に何をしているの？　知っていることを洗いざらい話しなさい。それだけではないはずでしょう？」

沸き上がる怒りをどうにか飲み込み、レティシエルは尋ねる。フリード、もとい黒鋼の騎士団の悪事がこれだけではないことを、レティシエルは勘付いていた。

「そ、それ以外には、さらった女子供を他の国に……こ、これは、フリード様にも黙認をしてもらってることで……！」

「……そう。あとは？　隣村から戻った村人たちがみんなおかしくなったのも、あなたたちの仕業ではないかしら？」

ゆらゆらと黒い炎を背後に立ち上らせているレティシエルに、男は情けない声を上げて後ずさろうとする。

民をまるで使い捨ての道具のようにしか思っていない彼らの行いに、レティシエルは顔にこそ出さなかったが、内心では腸《はらわた》が煮えくりかえっていた。

「そ、それは……知らないんだ！　いい稼ぎがあるって誘われて、俺、最近こっちに来たばかりなんだよ……本当だ！　し、信じてくれ……！　い、言ったぞ。俺は言ったぞ！だから殺さないでくれ！」

男は黒鋼の騎士団という傭兵団を率いる小幹部であり、フリードと騎士団は組織ぐるみで協力関係を築いているようだ。

顔を涙でグシャグシャにして男はそう懇願してくるが、公爵家の罪を暴くため彼を後で突き出そうと考えていたレティシエルはもとより殺す気はない。

レティシエルは電魔術を使って男の意識を落とすと、しゃがんで地面に手を当てて魔術を発動させた。

周囲の土が盛り上がり、男をぐるりと取り囲むとそのまま箱の形を形成していく。土を固めて作った即席の牢屋《ろうや》である。

内側から壊されないように土を圧縮して固定してから、レティシエルは男に目を向けることなく小屋を立ち去る。

東の空はすでに白んでいた。徐々に地平線から顔をのぞかせる朝日を見つめながら、レティシエルはフリードに会うべく領都に向かうことを決意した。

# 閑章　彼女を追う者

王都ニルヴァーンの郊外にあるウェルデの離宮。王家が所有するその宮殿で療養中の第一王子のもとに、クリスタは今日も看病に訪れていた。

その手には、かつてクロヴィス修道院で謎の男と取引して手に入れた、黒い薬液が入った小瓶が握られている。

ロシュフォードが眠り続ける枕元に置いてある水差しを手に取り、クリスタは傍らのグラスに水を灌《そそ》ぐ。そして小瓶の蓋を開けると、そこに薬を数滴たらす。

「ロシュフォード様、お薬の時間ですよ」

ロシュフォードの体を起こし、クリスタは彼にグラスの水を飲ませる。薄灰色に濁った水が少しグラスからこぼれ、ロシュフォードの口の端から流れ落ちた。

「……」

しばらくクリスタはロシュフォードの容態を観察するが、ロシュフォードが目覚める気配はなかった。

この作業を続けてどのくらい経《た》っただろう。薬はずっと飲ませているのに、ロシュフォードが回復している様子は全くないのだ。

クリスタは手に持った薬の小瓶を見下ろす。本当にこの薬はロシュフォードの治療に効果を示しているのか、この頃不安が沸き上がって仕方ない。

「……うっ……」

そこへベッドのほうからうめき声が聞こえ、クリスタは反射的にそちらを振り向いた。果たしてうめき声の主はロシュフォードだった。ずっと閉ざされていたまぶたが震え、その瞳がゆっくりと開かれる。

「……！　ロシュフォード様！」

待ち望んでいた瞬間にクリスタは泣きそうになったが、すぐさまベッドのそばに駆け寄るとロシュフォードの手を取った。

「……」

しかしロシュフォードはクリスタの顔を見ても何の反応も見せない。ただ思うところがあるのかじっとこちらを凝視していた。

「ロシュフォード様？」

「……君は、誰なんだい？」

「………え」

その一言で、クリスタの中に沸き上がった喜びが一瞬で霧散した。

目を覚ましてくれさえすれば、また昔みたいに一緒に居られると信じて疑っていなかった。だけど今のロシュフォードは、クリスタのことなんて目にも留めていない。

一時的に忘れてしまっているのか、それとも完全に記憶から消えてしまったのか。ショックのあまり、クリスタは言葉を失《な》くしてロシュフォードを見ることしかできなかった。

「君は俺の知り合いなのか？　俺の名前を知っているみたいだったが……」

「…………クリスタと、申します」

叫び出したい衝動を腹の中に押し戻し、努めて平静にクリスタは自分の名前を告げ、これまで彼の身に起きていたことを説明した。

少し前までルクレツィア学園に通っていたこと、そこで大きな事件が起きて体を壊したこと、王家の離宮でずっと療養していたこと、全てを彼に話して聞かせた。

「そうだったのか……」

話を聞き終わると、ロシュフォードは小さくそう呟《つぶや》くと、自分の両手でクリスタの手を包み込んだ。

「君が俺を助けてくれたんだな。ありがとう、心から礼を言うよ」

「……いえ」

違う。そんな言葉が聞きたいわけではない。それは、ただ助けてくれた誰かに向けられるだけの言葉だ。かつて自分を好いて、自分が愛したあの人ではない。

今の彼にとって、自分はその他大勢の見知らぬ人たちと同じ。もう、他人になってしまっている。

「……私、少し外の空気を吸ってきますね」

その一言を告げるので精一杯だった。ロシュフォードの手を放し、クリスタは足早に部屋から立ち去った。

扉を閉め、誰もいない廊下に出ると、それまでこらえていた涙が、糸の切れた真珠のようにクリスタの目じりから零《こぼ》れ落ちる。

（どうして、ロシュフォード様が……）

クリスタの整った顔が悲痛にゆがむ。固く握られたこぶしは力のあまり真っ白になり、全身の震えが止まらなかった。

何が彼の記憶に影響を与えたのか、どうして彼がこんな目に遭わなければならないのか、どうやったら昔の彼に戻るのか、考え始めたらキリがない。

それでも今はロシュフォードの回復を喜びたい。もうそれだけが、クリスタとロシュフォードをつないでいるたった一本の糸なのだから。

「……！」

もう一度ロシュフォードの部屋に戻ろうかと顔を上げたクリスタは、自分の横を通り過ぎていく小柄な影を見た。銀色の仮面をつけた顔が一瞬だけ見えた気がする。

慌ててクリスタは振り向くが、銀色の仮面の影はどこにも見当たらなかった。しかし先ほどまで何もなかったはずの廊下に、一枚の白い紙がポツンと落ちていた。

紙には何か黒い文字が書いてあるようだ。その場にしゃがみ込み、クリスタはその紙を拾い上げる。

『誰が彼をこんな状態にしたのか』

小さな紙にはただ一言そう書いてあった。だけどその一言で、クリスタの中で無数の疑問が急速に一つの答えにつながる。

「……ドロッセルお姉さまだわ」

あの人のせいだ。直感的にクリスタはそう思う。あの日、あの場所で、ドロッセルがロシュフォードと対峙《たいじ》しなければ、彼がその身を魔女殺しの怪物に侵されることはなかった。彼が倒れることも、自分を忘れてしまうことだってなかったはずだ。

「……追いかけなきゃ」

ポケットに紙を突っ込み、クリスタはまるで何かに取り憑《つ》かれたように離宮を飛び出し、領地へ向かう決意をする。

なぜ唐突に自分が領地に向かおうとしているのかは全くわからない。だけどそこにドロッセルはいる、ただ漠然とそう思った。

＊＊＊

王都にあるフィリアレギス公爵邸に滞在していたサリーニャもまた、自室で領地の反乱の話を聞いていた。

「ど、どういうことなんだ！　何が起こっている！」

「領地で反乱なんて平民のくせに何様なの!?　フリードはいったい何をやっているのよ!?」

「お、おお落ち着きなさい、ディアンヌ……！」

時々部屋の外から使用人の慌ただしい足音や、スカルロとディアンヌのヒステリー気味な叫び声が響いてくる。

しかしサリーニャは両親のように慌てふためいたりしていないし、衝動に駆られて領地に飛んで行こうともしていなかった。

無論サリーニャも、家の領地で反乱が起きたのだから心中穏やかではない。でも自分が焦って領地に行ったところで何もできないし、事態がかえって悪化する可能性だってある。

（この家、もうおしまいかもしれないわね）

何となくそんな予感がした。

兄のフリードが領地で何をしていたのかは知らないし、知ろうとしたこともない。だけど民に見捨てられた貴族の末路など想像するにたやすい。

自分の家のことなのに、窓の外を眺めるサリーニャの表情は達観そのものだった。

「お嬢様はどちらに？　出かけてからお戻りになっていないが……」

「さ、さぁ……」

「報告です！　クリスタお嬢様が馬車でそのまま領地へ向かわれたそうです！」

「クリスタ様が領地へ!?　なぜ!?」

素っ頓狂な使用人たちの声が部屋の中まで聞こえてくる。この状況で領地に行くなんて珍しいなと思いつつも、サリーニャは妹の行動をそこまで気にしていなかった。

「なぜクリスタお嬢様が領地に？」

「なんでも、ドロッセル様を追いかけたのだとか、何とか……」

「……！」

しかしドロッセルが領地に行ったと聞くと、サリーニャは目の色を変えた。

ドロッセルは領地で起きたあの事故以来、あそこには行ってない。それなのに、今になって彼女は何を求めてあそこへ向かうのか。

（もし、あの子が『あれ』を思い出したら……！）

そう思うと居ても立ってもいられなくなり、サリーニャは身一つで部屋から飛び出す。

使用人たちは突然出てきたサリーニャに驚いていたが、その視線をサリーニャは全て無視した。

こうして、サリーニャもまたドロッセルを追って領地へ向かうこととなるのだった。

# 四章　交差する怒りの先に

　ドロッセルの帰還と、自警団との交戦の末の勝利は、一夜明けて領都にいるフリードにも伝わっていた。

「……」

　報告書を持つ手に力がこもり、紙がぐしゃりと握りつぶされる。

　フリードは焦っていた。領の辺境で起きた反乱をすぐに鎮圧できたことまでは問題なかったが、その隙に領都でも暴動が起きるとは思わなかった。

　そしてそれを鎮圧するのにこれほど手こずることも、フリードには全く予期できていなかった。

（せっかく民を黙らせて無理やり遂行した事業が乗りに乗ってきたのに……）

　家の者たちはドロッセルのことを嫌悪しているが、フリードは正直ドロッセルが異端だろうと魔力なしだろうとどうでもいい。

　むしろ家族そのものにも興味はないし、金を稼げて生活を維持し安定させられるならそれでいいとすら思っている。

　だが自分の邪魔をする人間は誰だろうと許さない。何か方法はないのか、フリードは必死に脳内で策を考える。

「あーらら。領主さん、もしかして大ピンチ？」

「……黙れ」

ドロッセルについての情報を持ってきた張本人である、模様一つない純白のマントを着た片眼鏡の修道士ジャックが減らず口を叩《たた》いている。

フリードはこの修道士たちと協力関係にある。領地内の民の様子を逐一報告する代わりに、彼らの領内での行動を許可しているのだ。

そもそも万事うまくいっていると彼らから報告され続けていたから、フリードはこれまでの政策を強行していたのに、これでは何のためにこいつらと協力しているのか。

苛立《いらだ》たしげにデスクを指で叩くフリードに、もう一人の修道士グレインが声をかける。

彼はいつもマントのフードを目深にかぶっていて、フリードは一度も顔を見たことがない。

「まだ逆転できる可能性は残されているかもしれません」

「……なんだと？」

グレインのその一言に、ピクリとフリードの眉が吊《つ》り上がった。

言葉の続きを待つフリードに構わず、グレインはどこかから杖《つえ》に似た物体を取り出すと、それをフリードの目の前のデスクに置く。

「なんだこれは？」

「我らの教団に伝わる聖なる武器です。必ずや邪魔者を下すことができましょう」

神とか奇跡とかそういうものは信じていないが、フリードはその杖にくぎ付けになった。

一見何の変哲もない杖のようにも思えるが、なぜか底知れない恐怖を感じた。じっと眺めていると、まるで杖そのものに命が宿っているように杖身《じょうしん》が脈打つ錯覚まで抱く。

「なぜ、これを僕に？」

「あなたが神のご加護を受けるべくして選ばれた者だからです。その授けられし奇跡のお力を、我らが引き出してご覧に入れましょう」

フードの端から辛うじて見えるグレインの唇が弧を描く。

「それからこちらの武器を使われるときは、ここではない別の場所に移動してください」

「僕に命令をするな。だいたい意味がわからない言い分だな。こんなもの、どこで使っても変わらないだろう」

「いいえ、あなたはわかっておられない」

人に干渉されることを好まないフリードは適当に聞き流そうとするが、グレインは小さく首を横に振りながら言葉を続ける。

「この武器は聖人の加護と力を宿した特別な武器。その力の神髄を発揮するためには特別な舞台が必要です。さすればあなたの持つ選ばれた力も、より一層光り輝くでしょう。もう誰も、あなたの道を阻むことはできない」

「……」

そっと杖を手に取るフリード。触れた瞬間、杖から力強い何かが流れ込んだような気がする。先ほどまでの焦りは嘘《うそ》のように消え、今では体中に力がみなぎっている。

「もちろん、信じられないとおっしゃるのならここでお使いになっても構いませんが」

「……その聖地はどこにあるんだ？」

「今しばらくお待ちください。そのときが来れば、必ずご案内いたしましょう」

グレインはフリードの問いにそう答え、自分の胸に静かに手を当てた。偉大なるお方のお導きのままに……そう、呟《つぶや》きながら。

＊＊＊

自警団の襲撃の翌日、自身が決意した通りレティシエルは領都に通ずる巨大な城門の前に立っていた。

領都に行くと言ったときにはニコルやルヴィクだけでなく、村の人たちからも猛反対を食らったが、フリードを止めるためにも領都に行かなければならないこと、必ず帰ることを約束して納得してもらった。

（まぁ……みんな渋々だったし、半分押し切ったようなものだけど）

ちなみに村には結界魔術を残してきた。レティシエルがいなくなったことに気づいて、昨夜の男たちが腹いせに攻めてくる可能性が少なからずあるからだ。

ところで領都の門はどれも固く閉じられ封鎖されている。

魔術で破壊して強引に突破しても問題はないが、攻城戦じゃあるまいし、そんなことをしたところで中にいる敵や民を刺激するだけなので却下である。

どこか忍び込めそうな場所はないかと、レティシエルは城壁の周辺を移動し始めた。

（もう少し警備が厳重だと思っていたけど……）

見える範囲内に兵士や傭兵《ようへい》の姿は今のところない。内部の反乱の鎮圧に手いっぱいなのだろうか。

城壁に沿って歩いていると、壁がもろくなっている部分を一つ見つけた。周囲に敵の姿がないことを確認し、レティシエルは小さな空気弾を作り出すとそれを壁にぶつける。

くぐもった鈍い音とともに城壁に穴が開く。といっても腰までの高さしかないくらいの穴なので、レティシエルはかがんでそこを潜《くぐ》り抜けた。

壁を越えた先は住宅地のようだった。しかし家々の壁や屋根は一部が壊れ、ひび割れた道路からは水が漏れ出ていてとても人が住んでいるとは思えない。

昔は美しかっただろう都の街並みはボロボロに色あせ、あちこちに赤色が飛び散っていた。火の手が上がっている家も見受けられ、通りには何体もの骸《むくろ》が横たわっている。

領都ではフリードと黒鋼の騎士団による恐怖政治が敷かれており、暴動を起こした民と騎士団が今でも武力衝突を繰り返していると聞いた。

このままフリードのところへ殴り込むという選択肢も存在するが、この状況を見てしまった以上、民の安否のほうが気になる。

遠くから金属同士が激しくぶつかり合う音がかすかに聞こえる。戦いは今もなお続いているのだ。

他には爆発音、誰かの悲鳴、聞こえてくるのはそんな残酷な音ばかりで、鼻をかすめるのはいくつもの臭いが混じり合った死のかおり。

それがなんの臭いなのか、レティシエルはよくわかっていた。誰かの血の臭い、何かが焼け焦げた臭い。それはかつての時代と同じく、死と隣り合わせに存在するものだった。

街に漂う空気、気配、臭い、その全てを巻き込んで乾いた風は唸《うな》りを上げ、曇天の空に悲しい咆哮《ほうこう》を響かせる。

(……とりあえず、人がいる場所を探そう)

ひとまず音のするほうにレティシエルは向かう。今もなお戦いが続いているのなら、放っておくわけにはいかない。

中央通りにたどり着くと、そこでは民衆と騎士団が乱闘に突入していた。民衆の雄叫《おたけ》びに溶けるように悲鳴が響き、騎士団の笑い声が響き、発砲音と爆発音がこだまする。

「最前列！　前に出すぎるな！　後列もできるだけ弓矢で援護を！」

リーダーの指示のもと民衆は懸命に抵抗していたが、武器や戦闘力の差があるせいかなかなか劣勢をひっくり返せていない。

「……」

その様子を無言で見つめ、レティシエルは一直線にそこへ向かう。

「……あ？」

町人の一人にとどめを刺そうとしていた騎士団の男は、後方の通りから白銀の髪の少女が歩いてくるのを見た。

赤い華が咲き乱れる戦場で、紅に染まらないそのあまりに白い姿は異質なものだった。男は思わず少女を凝視する。

こちらの視線に気づいて少女が右手を前に掲げる。何をやっているのか疑問に思う暇もなく、剣が地面に転がる音が響く。

「え……」

男が自分の手に視線を落とすが、そこに彼の手はなかった。腕から切り落とされた男の右手は、剣を握ったまま地面に転がっていた。

「……う、うわあああああ!!」

自分の目に映っている光景が信じられず、男は凄《すさ》まじい絶叫を上げた。突然のその悲鳴に、その場で戦っていた他の団員や町人たちも、何事かと戦いの手を止める。

「おい、やかましいぞ！　何やってるんだ！」

「手が……俺の、手が……!!」

近くにいた別の男がそう声を上げるが、手を切られた男はその場にうずくまり、自身の右手首を押さえながらうわごとのようにブツブツと呟き続けている。

気づけば白銀の髪をなびかせた少女は騎士団員たちの目の前までやってきていた。その少女の正体に気づき、男たちや町人の間に困惑が走る。

「な、なんだてめぇ！」

「それに答える必要はあるかしら？」

混乱している騎士団員たちに構うことなく、レティシエルは魔術を展開し続けた。無数の刃が宙を舞い、風を切って男たちに襲い掛かる。

「ぎゃあああああ!!」

「お、俺の剣が……!?」

刃に触れた武器や物体は、どれもまるで柔らかいバターのように両断された。

レティシエルが使ったのは簡単な風魔術だ。それを制御できる最大数まで展開させ、可能な限り圧縮することで威力を高めている。

民も騎士団員も入り交じった乱闘に発展しているこの場では、民に余計な被害を与えないため大規模な魔術は極力使わないことにしている。

中には団員たちの体に当たった風の刃もあるが、肩や腕を切り裂くのにとどめており、無論急所は外している。

「う……ぐっ……」

血まみれで石畳の道路に横たわっている青年がうめき声をあげた。先ほど騎士団員にとどめを刺されそうになっていた人だ。

レティシエルは手のひらの上に小さな光球を生み出し、それを青年の体の上に落とす。これを攻撃だと捉え、周囲の町人たちはこちらに武器を向けようとする。

しかし光球が青年の命を奪うことはなかった。その体に落ちた光球はそのままぐにゃりと形を変え、彼の傷口からするりと体内に潜り込む。

すると傷口が光を放ち始め、やがて青年の体全体が淡く光り始める。光は徐々に強さを増し、それが霧散する頃には青年の体から一切の怪我《けが》が消えていた。

「え?……ええっ?」

治療を受けた本人は、自分の体や顔をペタペタ触りながらまるで狸《たぬき》に化かされたようなポカンとした表情を浮かべている。

それはこちらに武器を向けている町人たちも同じだった。自分たちが戦っている公爵家の娘が、敵の治療をしたということも、驚きに拍車をかけているようだ。

「お前てめえ！　邪魔するってんなら容赦しねぇぞ！」

その一部始終を見ていた騎士団の団員たちは、それで完全にレティシエルを敵対者として認識したらしい。

今まで戦っていた民衆など目もくれず、彼らは各々の武器を構えなおすと一斉にレティシエルに切りかかってきた。一人で挑むより大勢のほうが勝算があると踏んだのだろう。

「くらえぇぇ!!」

最初にレティシエルの近くまで来た男が、したり顔で剣を大きく振りかぶる。

「……その速さの剣では、私に届かないわ」

淡々としたレティシエルの言葉と同時に剣が振り下ろされ、鋭い切っ先が彼女に届く……ことはなかった。

　ガキィイン！

　男が振り下ろした剣は空中に展開された半透明の壁に弾《はじ》かれ、男は弾かれた勢いのまま大きく後ろにのけぞる。

「うおっ！」

　レティシエルを守るように空中には球体の結界が広がっていた。それにぶつかった男の剣は小さく刃こぼれしており、彼はジリッと後ずさった。

　もっとも簡単でもろい結界魔術で、魔術強化された武器の使用が当たり前だった千年前では全く使い物にならなかったが、普通の武器を相手にする分には問題ない。

「な、何者なんだよ、あんた！」

「何者？　それはあなたたちが一番よくわかっているのでは？」

「……ならなんで俺たちの邪魔をするんだ！」

　先ほど攻撃を弾かれた男がそう激昂《げきこう》した。フィリアレギス公爵家の人間であるレティシエルが彼らに敵対する理由を理解していないらしい。

「その訳、本当にわからない？」

「うわああ！」

　問いかけとともに、男の視界からレティシエルの姿が消える。すぐさま辺りを見回す男は、いつの間にか背後に立っていた少女に悲鳴を上げた。

「公爵家の人間が、全員あなたたちの味方だとは思わないことね」

不意を突かれたため態勢を整えることもままならず、少女が振り下ろした手刀を首に喰《く》らって男の意識は一瞬で闇に沈んだ。

それを確認すると、レティシエルは両手に二つの空気弾を作り出し、振り向きざまにそれを放り投げる。

「ぎゃっ！」

「ぐわぁっ!!」

空気弾は、弓に矢を番《つが》えてこちらを狙おうとした男と、混乱に紛れて逃げようとこちらに背を向けた男にそれぞれ命中した。

「ちくしょう……なめるんじゃねえ！」

その二人が倒れた後ろから、何やら筒状の物体をこちらに向けている男の姿が見えた。

（……？　奇妙な道具ね）

千年前には見たことがない物体だが、この状況でそれを向けてくるということは、その物体にはレティシエルを攻撃する力があるのだろう。

なんの武器なのかは知らないが、使われる前に無力化できれば問題ない。レティシエルは謎の武器に照準を合わせ、クイッと指で引っ張るような仕草をする。

「うわっっ！」

ダァン！

下方からの引力に武器を構える男がバランスを崩すと同時に、謎の武器からそんな破裂音が聞こえ、筒の部分が向けられている地面の一部が欠けて吹き飛んだ。

「う、動くんじゃねえ！」

さらに後ろから叫び声が聞こえる。振り向くと騎士団の男が少年を捕まえ、その首に切っ先を当てていた。

この男が最後の一人なのだが、どうやらレティシエルが他の騎士団員の相手をしている間に人質を取ったらしい。

「ちょっとでも動いたら、こいつの首を掻《か》き切ってやる！」

「……」

言われるままレティシエルはその場で動きを止める。それを確認すると男は勝ち誇ったような笑みを浮かべ、人質を連れたまま戦線を離脱しようとした。

「……あ？」

しかし男の足はその場から動くことができなかった。足元に目を向けた男は、そこで自分の足に絡みついている無数の白い手を見た。

「わぁぁぁぁぁ!!」

もちろんそれは魔術による産物だ。レティシエルが使ったのは二種類の術で、一つは植物を操る術、もう一つは幻影魔術。

（別に動かずとも魔術は使えるもの）

たいそうな詠唱とオーバーアクションを必要とする魔法と違い、魔術は術式を展開できるのならどんな体勢でも発動できる。

石畳の道路は、石と石の間に雑草が生える場合が多い。その草に幻覚を付与させたうえで男の足に巻き付くよう操作したに過ぎない。

しかし効果はてきめんだったようで、幻覚に惑わされた男は恐怖のあまり剣を取り落とし、そのまま泡を吹いて気絶した。

周囲にこれ以上敵の姿がないことを入念に確かめ、レティシエルは解放された少年に手を差し伸べる。

「大丈夫ですか？」

「え、は、はい……」

地面に尻もちをついていた少年は、自分に手を差し出している少女を茫然《ぼうぜん》と見つめ、ほぼ反射的にそう答えてその手をつかんで立ちあがる。

「「「……」」」

そして戦場には再び静けさが戻った。時間としては十分も経過していないのに、十数人の傭兵《ようへい》たちが通りに転がっている状況に、民衆は言葉を失《な》くしていた。

やがて最前列に立っていた一人の男性が、武器を手にしたままゆっくりとレティシエルのほうに歩いてくる。

「……あなたは、いったい――……」

信じられないように目を見開いているその男性は、確か先ほど戦う町人たちの間で戦闘の指示を出していた人だ。

「おーい！　さっきから騒がしいぞ！　何やってんだ！」

そのとき、遠くから野太い男の声が聞こえてきた。それを聞いた瞬間、民衆がビクッと肩をこわばらせていたあたり、おそらく声の主は騎士団員なのだろう。

「……っ、いったん引くぞ！」

民衆の指揮を執っていた男性は全員に向かって号令を出すと、振り向きざまにレティシエルの腕をつかんで走り出した。

目を白黒させるレティシエルをよそに、民衆は男性の指示に従って怪我をした仲間たちを連れ、それぞれ自分から一番近い路地裏に飛び込んだ。

「うわっ！　なんだこりゃ？」

「おい、何寝てやがる！」

しばらくすると別の場所にいた騎士団の傭兵たちが姿を現し、通りで一人残らず伸びている団員たちにぎょっとしたように声を上げる。

「ダメっす、こいつら全然起きないっす」

「しかもなんだぁ？　手が取れてるヤツもいるぞ。おい、お前！　近くを徹底的に捜索しろ、もしかして反乱軍がまだ近くにいるかもしれねぇ」

その様子を路地裏からじっと見ていた男性は、つかんでいたレティシエルの腕を放して町人たちを振り返った。

「君たちは怪我人を連れて先に戻ってくれ」

「けど……」

「心配するな、話をするだけだ」

人々に指示を出している間にも、男性は決してレティシエルに背中を向けようとしない。公爵家の立ち位置を考えれば仕方ないとは思うが、ずいぶんと警戒されているものだ。

町人たちはしばらく不安げに男性とレティシエルを交互に見ていたが、大勢でずっとここにいては騎士団に嗅ぎ付けられてしまうため、渋々裏路地の奥へと消えていった。

残されたのはリーダー格の男性と、彼を守ろうとしているのか、武器を持った数人の町人だけだった。

「話をする前に場所を変えませんか？」

「……そうですね」

人数が減ったとはいえ、このままでは騎士団に見つかるのも時間の問題だろう。

レティシエルがそう提案すると、男性は短く返答して移動を開始した。彼に付き従っている人々は、男性の周りを固めつつレティシエルが逃げないようこちらを見張っている。

やがていくつか通りを抜けて安全な場所まで来ると、男性は改めてレティシエルに向き直った。

「……何が目的ですか？」

ドスの利いた低い声で男性はそう訊《たず》ねてくる。もしや、打算があってレティシエルが彼らを助けたと考えているのだろうか。

「フリードを止めることです。それ以外の目的はないし、あなたたちと敵対するつもりもありません」

だからレティシエルは簡潔に、彼らが欲しがっている情報だけを伝える。ここでダラダラと弁明を続けても、かえって怪しまれるだけだ。

「フリードを……？　どうしてあなたが……」

レティシエルの話を聞いても、男性はますます眉間にしわを寄せるだけで信じている様子は見られない。

（まぁ、これが一般的な反応よね）

そんな男性の様子にレティシエルは驚くことなく、むしろ内心で納得していた。

メルド村の面々が特別だっただけで、大多数の民にとってドロッセルはただの公爵家の令嬢にすぎない。

つまり目の前にいる彼らにとって、公爵家の一員であるレティシエルもまた問答無用で倒すべき敵として映っているのだろう。

「理由は簡単です。これ以上領地に暮らす民を苦しめないためにも、一刻も早くフリードと彼の軍勢を止めなければならないからです」

本来民を守るべき存在である貴族が、民を虐げることなどあってはいけない。それがレティシエルの持論である。

しかし実際にはフリードの圧政によって反乱が起きている以上、それを見過ごすことはできない。

「これは公爵家の失態で起きてしまった悲劇です。同じフィリアレギス家の人間として、私にはそれを正す責務があります」

それに、公爵家の人間でありながら、事件が起きるまで何も気づけなかったのはレティシエルも同じだ。だからこそ何もせずにはいられない。

「……」

レティシエルの言葉を男性は黙って聞いていた。しばらくの沈黙ののち、男性は警戒を解くことなく再び口を開く。

「なら、あなたはこのあとどうされるつもりなのです？」

「明日の朝までは待機するつもりです。敵の本拠地に向かう以上、それなりに情報が必要ですので」

さすがにレティシエルも、到着初日にしていきなりフリードのところに殴り込むような無謀なことをするつもりはない。

敵の総大将とも言える立場であるフリードがいる領邸は、おそらく騎士団がもっとも重点的に守っている場所だ。

だから高所から敵の配置などを俯瞰《ふかん》し、戦況を把握する必要があると考えたうえでの回答だったのだが、男性はなぜか怪訝《けげん》そうな表情を浮かべた。

「待機って……どこで待機するつもりなんですか？」

「……？　屋根の上ですけど？」

「…………はい？」

公爵令嬢のセリフとは思えないその一言に、男性はあんぐりと口を開けて絶句してしまった。しかも言った本人は、それが当たり前のように全く疑問を持っていない。

（……この方、本当にあのドロッセル嬢⁉）

思わず、男性がそう思ってしまったのも仕方ないだろう。

そして当の本人……レティシエルは、もう屋根の上で野宿する前提で、路地裏から垣間《かいま》見《み》える街の建物を眺めながら、良さそうな屋根を探し始めていた。

（屋根の上なら日の出後すぐに行動できるし、魔術で光の角度を調整すれば下からも見えにくくなるものね）

千年前の戦争では、建物の屋上も重要な戦場であり、下から見上げたときに死角ができやすい平屋根が主流だったが、今の屋根は三角形の斜め屋根ばかりでとても滑りやすそうだ。

「……あなたには我々の拠点まで同行してもらいたい」

そんなレティシエルの手ごろな屋根探しを中断したのは、男性のその一言だった。

「理由を伺ってもいいですか？」

「……」

彼らにとってレティシエルは敵の関係者であり、味方なのか何なのかもわからない謎の存在。

普通であれば、自分たちの拠点へ積極的に案内しようという気にはならないはずだが、彼は何を意図してその発言をしたのか。

「率直に申し上げれば、あなたを信用しきれないからです」

レティシエルにまっすぐ目を向け、男性は包み隠すことなくそう告げた。

「我々の敵ではないとあなたはおっしゃいますが、それがただの口約束でない保証などどこにもありません」

「なるほど……だから好き勝手に動き回られるより、自分たちの目の届くところにいてくれたほうが監視しやすい、ということですね。わかります」

コクリと頷《うなず》き、レティシエルは男性の意見に同意する。もし自分が彼の立場だったとしたら、きっと自分も同じ決断を下しただろう。

「……え？」

まさかレティシエルのほうからそれを切り出すとは思ってもいなかったのか、男性は思わず間の抜けた声を上げてしまう。

「わかりました。しばらく皆様と行動しましょう」

「……」

「どうしました？」

「いえ……」

その問いには答えず、男性は踵《きびす》を返して歩き始めた。まさかこんなあっさり彼女が了承するとは思ってなかったのだ。

（……本当に変な方だな）

この銀髪の令嬢が変わり者であることは、領内でも割と昔から有名な話だ。そして今、男性はその噂《うわさ》がまごうことなき真実であることをしみじみ実感していた。

（ここは……スラム街かしら？）

一方男性のあとに付いていくレティシエルは、徐々に寂れていく周囲の街並みに内心そんなことを考えていた。

入り組んだ通路の先には寂れた民家が密集した区画が広がっていた。位置としては領都の隅に存在しているようで、都を取り囲む城壁の角が間近にそびえている。

この区画に入って以降、男性はより一層周囲を警戒しながら進むようになった。

路地裏など人目につかない場所を選んで奥へ奥へと進み、やがて一行がやってきたのは、城壁のほぼ真下にある井戸だった。

周りには瓦礫《がれき》の山や崩れかけた木の小屋などが密集し、うまい具合に井戸の存在を隠している。

「周囲の警戒をしてくれ。何かあったらすぐこちらに知らせてほしい」

「はい！」

町人たちにそう伝えて、自身も井戸の中を確認してから男性はレティシエルを振り返る。

「自分が先に降ります。それに続いて降りてきてください」

「わかりました」

おそらくレティシエルが一人で行動できる時間を作らないために、あえて自身と町人たちの間に順番を置いたのだろう。

中を覗《のぞ》いてみても、光が届かないせいで底のほうは真っ暗である。

井戸に垂れ下がっているロープをつかみ、男性はそれを伝って器用に降りていった。彼の姿はすぐに暗闇に溶けたが、しばらくするとドンという鈍い着地音が聞こえてきた。

男性とは違い、ロープをつかむことなくレティシエルは井戸の縁に上ると、そのまま躊《ちゅう》躇《ちょ》なく井戸の中へ飛び込んだ。

（垂直落下のほうが速いし手っ取り早いよね）

頭上から町人たちのどよめきが聞こえたような気がしたが、その頃にはレティシエルはすでに井戸の底に着地していた。

着地する直前に魔術で下方から風を起こし、落下速度と衝撃を軽減するだけの簡単な作業だ。

「……」

リーダー格の男性が一瞬だけ面食らったような表情を浮かべたが、すぐに切り替えて再び歩き始めた。

井戸の底に降り立つと、井戸の壁に横穴が開いているのが見えた。その中を進んでいく男性に続いて、レティシエルもかがんで横穴へ入る。

男性の後を追ってひたすら横穴を進んでいくと、やがて広い洞窟に出た。

天井などの岩にできた模様や亀裂の入り方からすると天然の洞窟のようだが、壁にツルハシの掘削跡が残っているあたり、もとあった洞窟をあとから人工的に広げたのだろう。

横穴を抜けてすぐの場所は広場のようなところだった。中央に置かれた複数のランタンが周囲を照らし、壁際には座ったり横になったりしている人々の姿も見える。

(ここが民衆の拠点なのね)

中には武器や防具の手入れをしている男性たちもおり、それを見てレティシエルは内心納得する。

「……えっ！」

男性たちが戻ってきたのを見て一部の人たちが寄ってきたが、レティシエルの姿を見た瞬間、誰かがそう叫ぶ声が聞こえた。

「こ、公爵令嬢がいるぞ！　敵か……!?」

「待て、とりあえずみんな落ち着け」

突如反乱軍の拠点に現れたひどく場違いな公爵令嬢に、人々の顔には一様に驚きと戸惑いが浮かび、状況を把握するためか周囲の人と話しながらざわめいている。

中には公爵令嬢だと言って武器を向けてくる者もいたが、それをリーダーの男性がたしなめた。

「武器を下ろせ、彼女は俺たちの敵ではない」

「けどよ……」

「とはいえ完全に信用したわけではない。妙な言動を起こすか監視するためにここへ連れてきたまでだ」

リーダーの説明にその町人はムッと眉を顰《ひそ》めるが、やがてため息をつくと抜いていた剣をしまった。

「……わかったよ、レーグさん。あんたがそう言うなら従うぜ」

他の人たちも渋々武器を下ろした。どうやらこのリーダーの男性はかなり人々からの信頼が厚いらしい。

（……ん？　レーグ……？）

妙に聞き覚えがある名前に、レティシエルの脳内にハテナが浮かぶ。ニコルのおじさんの名前もそんな感じではなかっただろうか？

「ドロッセル様」

「……」

「ドロッセル様！」

「……！　はい」

考え事をしていたら、名前を呼ばれていたことに全く気づかなかった。我に返ってレティシエルはすぐにレーグのほうを見る。

「どうかしました？」

「いえ、何でもありません」

レーグは一瞬眉間にしわを寄せたが、レティシエルの言葉を追及してはこなかった。

「部屋に案内します。ついてきてください」

そう言ってレーグは歩き出すが、その台詞《せりふ》だけで理解できたことがある。

どうやら拠点内でレティシエルに求められている振る舞いは、与えられた部屋で引きこもっていることのようだ。

民衆の拠点であるこの洞窟は、入り口部分にある広場から奥に数本の地下道が枝分かれに掘られており、それ以外の通路は現時点では見当たらない。

そうすると必然的に地下道を歩いていると民衆とすれ違う。足早に通り過ぎていく民たちが大量の箱や武器を運んでいく様子をレティシエルは横目に眺めた。

向こうもこちらを気にして小声で話しているため会話の内容までは聞こえてこないが、前世で頻繁に戦場に立っていた経験がある身として、この感覚には覚えがある。

（討ち入りの準備でもしているのかしら？）

千年前でも大きな作戦の前夜などでは、兵士たちは最後の準備とチェックのためにせわしなく動き回っていた。

そして作戦の成否などの気がかりが原動力となり、兵たちの士気や陣地全体の熱気を高める現象につながるのだ。

レーグは決して何も語ろうとはしなかったが、遠巻きに見える民衆の慌ただしさからレティシエルはそう予測した。

何回か分かれ道を進んでいき、やがてレティシエルたちは広い空間に行き当たった。

小さな地底湖が中央に横たわる広場だった。広場を照らすランタンの光が水面に反射し、周囲の岩壁に波打つ輝きを映し出している。

そんな幻想的な雰囲気に包まれたその広場は、しかしながら悲しみと嘆きで満たされていた。

事切れた遺体を運び出す男たち、もう動かない女性にすがりついて泣く子供、体に巻かれた包帯に血を滲《にじ》ませて歯を食いしばる者。

「……！」

それだけでここが何のための場所かわかった。弾《はじ》かれたようにレティシエルは駆け出す。

「え？　ドロッセル様!?」

いきなり走り出したレティシエルに、背後からレーグの驚いたような叫びが追いかけてくる。

湖の広場を踏んだレティシエルに、たくさんの視線が集まる。そのほとんどは拒絶的なもので、こちらへの警戒心がむき出しになっていた。

しかし騎士団との戦いでこれだけの人が命を落とし、怪我《けが》で苦しんでいる。自分の魔術で救える人が一人でもいるのなら、それを見捨てることはできない。

レティシエルは両手のひらを上にかざし、息を深く吸って目を閉じる。

両手の指の隙間から、太陽のごとくまばゆい光がこぼれ落ちる。魔術の発動に伴い、魔素がレティシエルに向かって一斉に収束し、渦を巻く。

レティシエルの手のひらに生み出された光は白金の輝きを放ちながら形を変え、矢のように細長く変化すると真上に向かって一直線に放たれた。

光が岩肌にぶつかり、ガラスが割れるような音とともに洞窟の天井に淡く輝く光輪が出現する。

輪の内側には幾何学のような不思議な模様が描かれており、それが鈴の音のように澄んだ音とともに霧散すると、光の粒子は雪のようにひらひらと舞い降りてくる。

「……きれい……」

それはいったい誰の声だったのか。薄暗い洞窟を照らして降り落ちる光の雪は幻想的で、誰もが時が止まったように息を呑《の》み、ただ頭上を見上げた。

光の雪は傷ついて倒れている人々の体にゆっくりと落ちて溶ける。すると人々の体を光が包み込み、その身に刻まれた痛ましい傷跡は、時間が巻き戻るように消えていった。

「……ふぅ」

レティシエルが使ったのは、最上級の治癒魔術である。大技を使い終え、レティシエルはほっと息をつく。

広範囲で魔素を動かす術は消耗も激しく、加えてここは洞窟内で空気内の魔素含有量にも限りがあるため、久々に使うとやはり少し疲労感を覚える。

しかしここに倒れている人たちの人数はゆうに百人を超えているため、それを一人ずつ治療していたら時間がかかってしまう。

だからレティシエルはこれらの怪我人を一斉に治した。この治癒魔術は、効果が及ぶ範囲を指定すれば、効果範囲にいる全ての生者の打撲創傷を等しく癒すことができるのだ。

「……あれ？　え……？」

「う、そ……」

徐々に動き始めた村人たちが、自分たちの体とレティシエルを信じられない目で交互に見ているのを横目に、レティシエルは治療所の中を練り歩く。

先ほど使った治癒魔術はあくまで傷を治すためのものであり、応急処置に過ぎない。中には重傷を負った人も多く、彼らを個別に独自の術で治療する必要があるのだ。

体の一部を失った……もちろん時間経過が長すぎて手足の接合ができなくなってしまった者もいたが……人には鎮痛と接合治癒の魔術をかけ、発熱している人には炎症抑制の魔術を使う。

銃傷を負った人の手当てはレティシエルも初めてだが、そこは千年前の矢傷の手当を応用して行う。

　こうして本来ならば途方もなく時間がかかるだろう百人以上の治療を、レティシエルはものの一時間で全て終わらせた。

　治療が完了すると、レティシエルは救護担当と思われる女性たちに声をかけて、手当の際の注意事項を説明する。

　なんせ千年前はこういった傷病者の手当を散々やっていたのだ。テキパキと不自然なほど的確な指示を出すレティシエルに、人々は呆気《あっけ》にとられながらもその指示に従った。

「これでひとまず、死人が増えることはないと思います」

　民衆が少しずつ落ち着きを取り戻すのを見て、レティシエルはさっきからずっと唖然《あぜん》としたまま固まっているレーグに報告をする。

「あ、ありがとうございます……ドロッセル様」

「いいえ、当然のことをしたまでです」

　それに騎士団が存在する限り……その背後にフリードがいる限り事態は解決しない。

　これ以上犠牲を増やさないためにも、一刻も早く騎士団を壊滅させ、元凶のフリードをつまみ出す必要がある。

「……皆さまを守らねばならない立場にあるのに、このような事態になるまで気づかずにいたことは、私にとっても罪です」

　そう言ってレティシエルは民たちに向かって深々と頭を下げる。誰かが息を呑む声が聞こえた。

「自警団……さらに言えば公爵家の罪は私が償わせます。だから皆様、もう少しだけ辛抱していてください」

最初は民衆の間に沈黙が訪れたがやがて一人また一人と頷《うなず》く者が増え、それは広場全体に広がっていく。

こちらを見つめる民の目には様々な感情が込められており、その想《おも》いが一斉に両肩にのしかかる。

それらを全て受け止め、レティシエルは静かに微笑《ほほえ》む。その期待と信頼、そしてその責任の重さが、ひどく懐かしかった。

今一度人々に向かって丁寧に礼をしてから、レティシエルは来た道を戻っていく。

まっすぐで気高きその後ろ姿を、民衆は感嘆とともに畏怖と尊敬の入り混じった眼差《まなざ》しで見送る。

奇跡の力で民を救い、民を守った公爵令嬢。もう誰も、彼女のことを疑う者はいなかった。

「すみません、寄り道をしてしまいました」

そうとは知らず、広場を去ったレティシエルはレーグに勝手な行動をとったことを謝罪した。

「いえ、むしろ自分のほうからもお礼を言わせてください」

首を横に振り、レーグはそれをとがめることなく、むしろレティシエルに向かってお辞儀をした。

「貴族として当然の務めです。礼を言われるほどのことではありません」

「そんなことをおっしゃる貴族の方のほうが珍しいですよ。だからなおさら感謝くらいはさせてください」

　ポケットから古びた懐中時計を取り出してレーグはその蓋を開けるが、そこに示された時間に一瞬フリーズした。

「何かご予定でも？」

「ええ、このあとに――……」

「あ、いたいた！　レーグさん！」

　前方からレーグの名を呼びながら、一人の青年が小走りでやってくる。

「どうかしたか？」

「ちょっとレーグさんに、その……相談したいことが……」

　そう言いつつ青年の視線はしきりにこちらを気にしている。レティシエルがここにいる状態でこれ以上話してもいいのか考えあぐねているらしい。

「立ち去りましょうか？」

　立ち去ったところで、この拠点の構造をほとんど知らないのでただ迷うだけな気もするが、そのときはそのときだ。

「……」

レーグはしばらく沈黙して目を伏せたが、すぐに視線を上げて首を横に振った。

「大丈夫です。そこで聞いてくださっていて構いません」

リーダーの許可が出ると、青年のほうもそのまま話し始めた。もしかしてさっきの治療の話がもう広がっているのだろうか、一気に警戒が緩んだ気がする。

「在庫の銃弾の件についてなんですが、このままでは足りないかもしれないと……」

「ん？　昨日確認したときは他の武器諸々《もろもろ》問題なかったのではないのか？」

「そうなんですが、なんか一部洞窟の湿気にやられてる箱があるらしくて、それで相談に来たんですけど」

「そうか……わかった、このあとの会議でその部分も込みで話し合おう」

軽い打ち合わせをしてから、青年は再び来た道を戻っていった。その背中が曲がり角に消えると、レティシエルは内心ずっと抱いていた疑問を口にしてみる。

「何か大規模な作戦の実施が近いのでしょうか？」

「ええ、そうで――……」

頷いて返事をし掛けたが、そこで違和感に気づいてレーグは目を丸くしてレティシエルに訊《たず》ねる。

「……あれ？　作戦のことなんて、お話ししましたっけ？」

「いえ、ただ皆様の雰囲気でなんとなくそう思っただけです」

普通その情報だけでそこまで推測できるのか、とレーグは目を瞬かせる。先ほどから自分はこの公爵令嬢に驚かされてばかりのような気がする。

「………それだけでわかるんですか？」

「本当に、なんとなくですけど」

一言で簡潔にまとめてしまえば、勘である。

「そ、そうなんですね……」

彼女と会ってたった数時間だが、貴族の娘が深窓の令嬢であるというレーグの常識は早くも塗り替えられようとしていた。

歴戦の猛者でなければ気づかなそうなことなのに、それだけ彼女の洞察力が鋭いということなのだろうか。

「自分はこのあと作戦会議に行きますが、ドロッセル様はどうされます？」

「……私が行っても構わないのですか？」

「ええ。そもそも今から部屋に案内しようにも、そうすると今度は会議に間に合いませんので」

案内は会議後に改めて行うこととなり、ルート変更でレティシエルはレーグと一緒に会議室と思《おぼ》しき部屋へやってくる。

簡素な作りの木のテーブルと椅子がいくつか置いてあり、テーブルの上には黄ばんでシワシワになった地図が広げられている。

部屋にいる民衆の数は片手で数えられるくらいと少なかった。現在招集をかけている最中で、全員揃《そろ》うにはもう少し時間がかかるらしい。

「レーグさんは、もしかして士官の経験がおありですか？」

人々が集まるのを待っている間、レティシエルは世間話のつもりでレーグにそんなことを聞いてみた。

「ありますが……まさかそれもおわかりに？」

「戦闘の指揮と人々の動かし方がとてもお上手なので、小隊長くらいの経験はあるのかなと……。それに、私の知人に同じ名前の親戚がいて、その方が兵役経験者でしたので」

「ドロッセル様の……知人……？」

ピクリとレーグが一瞬フリーズした。『ドロッセルの知人』というワードに妙に反応しているようだ。

「その知人……もしかして、ニコルという名前だったりしますか？」

「！」

レティシエルは小さく目を見開く。その単語を聞いただけで、いきなりピンポイントでその名前を出してくるということは……。

「ニコルのおじのレーグ……ご本人でしたか」

メルド村の村長から、ニコルのおじが領都へ出稼ぎに行っている話は聞いていたが、まさか民衆のリーダーをしているとは驚きである。

「ニコルは元気にしていますか？」

「ええ。母君の体調を案じて少し前に休暇をあげたので、今はメルド村にいます」

「姉さんが……そうでしたか」

二人が会話している一方で、部屋の中には続々と民衆が集まっている。何人か姿が見えない人もいるようで、捜してこいと叫び声が聞こえる。

その後もレティシエルは乞われるまま、レーグにニコルや村の様子などを話して聞かせた。反乱軍のリーダーと公爵家の娘が話していることに違和感を覚えるのか、周囲の町人はどこかソワソワしていた。

「村長さんが言うには修道士……？　が診察してくれて大事はないと言っていましたけど」

「なるほど、修道士様が診てくださったのなら安心しますね」

最初に村長からその話を聞いたときには、正直怪しくないだろうかと自分は思ったが、レーグたち民衆はむしろ修道士様とやらに全面的な信頼を抱いている様子だ。

「この地方では修道士の巡回診察は良くあるのですか？」

「珍しくはないと思いますよ。このご時世、自分たち庶民が医者にかかるには費用が高すぎるし、だからこそ無償で治療や説教を施してくださる修道士様の存在はとてもありがたいですから」

「へぇ……」

それだけ日常的に修道士が民衆の生活に溶け込めているのなら、確かに人々からの尊敬や信頼が厚いのも不思議ではないな、とレティシエルは一人で納得した。

「もともと聖レティシエル様が頻繁に行っていたと言われているから、その名残で今でも巡礼は盛んですね」

「……え？」

しかし、たった今レーグの口から発された名前に、レティシエルは後頭部をガンと鈍器で殴打されたような衝撃を受けた。

「聖……レ、ティ、シ、エ、ル……？」

心臓の鼓動が徐々に早くなっていく。その名を口に出した瞬間、自分で自分を呼んでいるみたいな変な感覚を抱く。

「この辺ではかなり名の知れた聖人様ですよ。まぁ、この地方だけの信仰みたいだから王都のほうではマイナーかもしれませんけど」

ここに『レティシエル』はいるのに、その『聖レティシエル』とはいったい何？　レティシエルがその聖人を知らないことに、レーグは特に疑問を抱いてはいないようだ。

「……初めて聞きました」

しかしレティシエルは声が裏返りそうになるのを懸命に抑えて、そう返事をするのが精いっぱいだった。

（私が、聖人化されている……？）

レティシエルは千年前の時点では、大陸南部にある国など全く把握していなかった。ならこの名前は風の噂《うわさ》にでも乗って流れてきたのか。

だが、そもそもレティシエルの故国リジェネローゼは、今でいうラピス國《こく》の辺境にあった。

当時大陸南部の様子など一切知らなかった千年前のレティシエル《自分》と、ボレアリス山脈を越えたこの地方には全く接点など存在しない、噂にすらならないはずだ。

「……あの、その聖人様の伝承について教えてもらえませんか？」

「ええ、いいですよ」

レティシエルがそうお願いすると、会議開始までもう少し時間があるから、とレーグはあっさりいろいろ聞かせてくれた。

話を要約すると、聖レティシエルとはプラティナ王国ベバル朝の頃に生きていたと伝えられている女性だという。

時代としては大陸暦が導入されて間もない、まだ盲目王が登場していない時代なので、この北部地方一帯も王国領ではなく、いくつかの小国が点在する場所だった。

当時の北部地方はアストレア大陸戦争の影響で困窮し、飢饉《ききん》と疫病が蔓延《まんえん》していた。

満足な治療も食料も得られないまま死んでいく人々を哀れみ、聖レティシエルは各地を巡礼して人々に治療を施して回るようになり、それが風習としてこの地に根づいて今に至っている、ということらしい。

「結局、最期はご自分も人々と同じ病にかかられて、これまで助けた人たちに見守られて息を引き取られたと言われていますね」

「……」

「聖レティシエル様自身が埋葬を希望されなかったため、死後遺体は火葬され、その灰を持って人々はボレアリス山脈の最高峰に登り、そこから灰をまいたと言います」

だからこの地に暮らす人々は、みんな生まれながらに聖レティシエルの加護を身に受けているとも言われる。そう言ってレーグは笑った。

彼の話を聞いた感じでは、『聖レティシエル』と『王女レティシエル』はあまり関係性がないような感じだ。

（……純粋に私と同じ名前の人がいた、というだけなのかしら？）

レティシエルの名は一般的なものとは言い難いが、それでも同名の人がいるのは別段おかしくない。

それはそうなのだが、相変わらずレティシエルの心は晴れない。自分と同じ名の別人が祀《まつ》られているのが、まるで自分のことのように思えて落ち着かないからだろう。

「ただこの頃は、自警団たちも聖人様の名を笠《かさ》に着て自分たちの行いを正当化しているので正直複雑ですが」

「そうなのですか？」

「ええ。ロングソードに蛇が巻き付いた紋章を見たことありませんか？」

言われて真っ先に浮かぶのは、メルド村で捕まえた団員の手にあった刺青《いれずみ》。あれが確かそれと同じ模様だった。

「……ありますね」

「あれは聖レティシエル様を主神と祀っている聖レティシエル教会の紋章なんです。それを奴《やつ》らは勝手に悪用しているんですよ」

なんでもその教会は古くからこの地方に根付いている組織で、修道士たちの所属先を決めるのも、巡礼の派遣や許可も全てこの組織が行っているらしい。

（……やっぱりわざとなのかしら？）

あのとき男は、上の者に言われて刺青を彫ったと言っていた。それが有名な教会の紋章だと、その人たちが知らないのはおかしい気がするような……。

「そういえば、皆様の作戦について聞いてもいいですか？」

フリードと会ったときに問い詰めようと思いつつ、今これ以上考えても答えは出ないのでレティシエルは話題を切り替える。

「あぁ……領邸のすぐ隣に毒酒の製造と貯蔵を兼ねる倉庫区画がありまして、そこを襲撃して奪取する計画ですよ」

「なるほど」

鉛入りの酒を民衆は毒酒と呼んでいるようだ。メルドの隣村で生産した原材料を、その倉庫まで運んで製造していたということか。

なお、作戦開始は明日の早朝であるらしく、あまりにタイムリーなレティシエルの登場に、作戦のことが敵にバレたのかと一部の町人が心配していたという。

「……その作戦、私にも手伝わせていただけませんか？」

話を聞き終えて、レティシエルはレーグにそう申し出た。自分も騎士団の悪行を聞いている以上、どうしても他人事《ひとごと》だと放っておくことができないのだ。

「しかし……あなたの目的はフリードでは？」

レティシエルがまさかそんなことを言ってくるとは思っていなかったのか、レーグは一瞬こわばった表情を浮かべた。

「そうですが、もし倉庫区画で混乱が起これば近場にある領邸から増援を出さなければならない。そうすれば必然的に屋敷の警備は手薄になりますし、なんの不都合もありません」

さらりと言うレティシエルにレーグはしばらく考え込んだが、やがて意を決したように顔を上げる。

「……なら、作戦に同行願えますか？」

「ええ、もちろん。好きにこき使っていただいて構いません」

「それはさすがに……」

領《うなず》いて即答するレティシエルと、彼女の意気込みにレーグは苦笑いを浮かべた。

「レーグさん、全員集まったみたいだぜ」

ちょうど話が終わったそのタイミングで、近くの男がレーグに耳打ちをする。会議に参加するメンバーもそろったらしい。

「わかった、ではこれより会議を始める」

そしてレーグのその一言で、作戦会議は開始された。

会議に参加し、時々意見を述べながらも、レティシエルの脳裏にはずっと『聖レティシエル』の伝承がチラついて離れなかった。

＊＊＊

領都にやってきて二日目、レティシエルはレーグたちとの約束通り、早朝から反乱軍と一緒に倉庫区画前の路地裏に潜んでいた。

「敵の様子はどうです？」

すぐ隣で弓の手入れをしながらレーグは小声で訊《たず》ねてくる。

「そうですね……」

それに答えるレティシエルの顔は正面の通りに向けられているが、その瞳はどこか遠くを見つめていた。

（……一番近い通りには定期巡回の傭兵《ようへい》が四人、か……）

それもそのはず。レティシエルは現在遠視魔術と探索魔術を自分に行使し、騎士団の兵数や彼らの配置などを観察している最中である。

「奥の通りまでは把握できませんが、手前の通り三本分でしたら自警団がそれぞれ五人ほど巡回していますね。多分最深部にはもっと配置されているでしょう」

「……思っていたよりも数が多いな……」

レティシエルからの報告を聞いて、レーグは眉間にしわを寄せると顎に手を当て、難しい顔で考え込んだ。

「レーグさん……どうします？」

「昨日の計画をそのまま実行するのは、ちと無理があるんじゃ……」

「うーん……ルートを変更したほうがいいかもしれないな」

「奥の脇道とかどうっすか？　少なくとも両側からいっぺんに攻撃を受けることはなさそうっすよ」

「他の通りよりは安全だが、正面から狙い撃ちにされる可能性も否めない。盾を前面に出すのも手ではあるが……」

作戦行動について計画を再構成しているレーグたちの様子をレティシエルはしばらく黙って見ていたが、思うことがありその会話に口をはさんだ。

「私が先陣を切りましょうか？」

「え」

レーグだけでなく、彼と話していた他の男性たちまでもが一斉にポカンとした表情でこちらに目を向けてきた。

（別におかしなことは言っていないつもりなのだけど……）

なぜか驚いている様子の彼らだが、作戦に同行した以上レティシエルは戦う気満々なので、気にせず言葉を続ける。

「製造施設の差し押さえと破壊がこの作戦の目的ですけど、敵の数が多い以上むやみに突撃して怪我人《けがにん》を出すのも得策ではありません」

それなりの武装をしているとしても、この作戦に出撃している人々はこれまで戦闘経験が全くない一般人。

対して相手は戦闘経験が豊富で公爵家のバックアップを持つ傭兵団、戦力的にも装備的にもこちらは劣っている。

「だからこうするのはどうでしょう？　私が敵に攻撃を仕掛けて活路を開きます。可能な限り敵を無力化するようにしますので、皆さまはタイミングを見て追いかけてきてください。そうすれば最小の被害でスムーズに奥までたどり着けるはずです」

数でも負けているこの状況を打破する一番手っ取り早い方法は、単純に相手の兵数を反乱軍よりも少なくすることだ。

レティシエルの提案は確かに理にかなった納得のいくものだった。しかしレーグは大いに躊躇《ちゆうちよ》した。

「さすがにそれは無茶です。あまりに危険すぎます」

彼女が強いことは理解しているつもりだったが、それでも何十人もの敵がいる中に飛び込んで無事でいられるとは到底信じられない。

「大丈夫です。多く見積もっても相手は百人程度ですし、そう簡単にはやられませんよ」

そんな民衆の不安をよそに、当の本人は事もなげにそう言い切った。今度こそレーグたちは唖然《あぜん》となった。

(((……今、程度って言った? 百人を相手に程度って言った??)))

その顔には悲壮感もなければ緊張もない。彼女のさも当然のような言い分に、その場でその話を聞いていた全ての町人は総じて心の中で突っ込んでしまう。

(昔だったら百人相手にするのはそこそこ骨が折れるけど……)

今は魔術が当たり前だった千年前とは違うし、課外活動のときのような妙な武器を使う者もいないし、問題ないだろう。

一陣のつむじ風が路地裏を吹き抜ける。人々は身を低くしてそれを受け流したが、道端に転がる瓦礫《がれき》が風に巻かれて音をたてた。

「……ん? なんか向こうで音がしたぞ」

ほんの小さな音だったが、運が悪いことに通りを歩いていた自警団の一人の耳が、その些細《ささい》な音を拾ってしまった。

「おい、どこ見てんだよ」

「今向こうで音がしたからちょっと見てくるわ」

そう言って男はこちらへ歩いてくる。急いでそこから退避しようにも、変に動いてさらに音をたてるわけにもいかない。

　絶体絶命の状況に人々の顔色がサッと青くなるが、直後路地裏から派手な雷と土煙が炸《さく》裂《れつ》した。

「うごっ！」

　雷の直撃を革鎧《レザーアーマー》で受けた男が、煙とともに勢いよく吹っ飛び、向かいの建物に思いっきり激突する。

　やがて通りに満ちた土煙が晴れると、そこにはレティシエルがたった一人で立っていた。

　もともとの予定にない行動だが、緊急事態なのだから仕方がない。わざと派手な技を使ったのは、騎士団の意識をこちらに集中させるためである。

「え……な、なんだ？」

　そしてそんなレティシエルの目論見《もくろみ》は見事成功し、騎士団員たちは誰も路地裏に潜んでいるレーグたちに気づいていない。

　状況の理解が追いつかない男のその一言が合図だったかのように、大地が音を立てて震え始めた。

　レティシエルの足元から何本もの亀裂が一斉に走り、それは男たちの足元にたどり着くとまるで地上のものを飲み込むように地面を引き裂く。

「うおぁぁぁ!?」

「あ、あぶねぇ！　なんなんだよ!!」

およそ半数の男たちは反応できずに亀裂に吸い込まれたが、残りの者は間一髪避けられた。しかし地上に残された男たちを待っていたのは、さらなる地獄だった。

ぱっくりと口を開けている大地の空白から甲高い雄叫《おたけ》びが上がり、光り輝く無数の白竜がその身を地上に晒《さら》した。

その白い姿を守るように竜の体を灼熱《しやくねつ》の炎が包み込み、放出された熱気が周囲に陽炎《かげろう》を作り出している。

もちろん本物の竜ではない。光属性の魔術によって形作った竜に、炎属性の魔素をまとわせているだけだが、男たちの恐怖を増幅させるには十分だった。

「バケモノっ！！？」

「ま、まま魔女め……!!」

騎士団を区別することは簡単だった。彼らは各々に防具などの装備を身につけ、その装備や体には必ず例の紋様が描かれている。

「ひぃぃ！　来るな！　来るな来るな！」

炎をまとった光の竜は、紋様を持つ者だけを狙ってその牙を剝《む》いた。

逃げようとする者の足を穿《うが》ち、抵抗しようとする者の肩を嚙《か》み砕き、的確に急所を外して騎士団を無力化していく。

深手を負わされても炎が傷口を焼いて塞ぎ、その身に鮮血を浴びても紅の炎がそれをなかったかのように蒸発させる。

縦横無尽に戦場を駆ける純白の竜たちは、彼らの目にどう映っただろう。

（とりあえず、出られないように蓋をしておこう）

騎士団が全員戦闘不能に陥ると、レティシエルは操作していた竜を霧散させた。

レティシエルは魔術を使って地面に散乱した木材の切れ端や騎士団の武器などを寄せ集め、格子状にかたどって亀裂の穴の部分にかぶせる。

地上にいる者たちに関しても、やはり即席の牢屋《ろうや》を作って放り込む。再度探索魔術を発動させ、周囲に騎士団が数人程度しか残っていないことを確かめてレティシエルは先を急ぐ。

一方で騎士団と戦っていた民衆は、騎士団の壊滅によって急に終わった戦いに呆気《あっけ》にとられながらキョロキョロと周囲を見回す。

昨日の戦いに立ち会っている者たちはさほど驚かないが、そうでない町人のほうが圧倒的に多い。

自らが目撃した光景が信じられず、彼らはあの禍々《まがまが》しくも神々しい竜を生み出した者の姿を探して視線を彷徨《さまよ》わせる。

まばゆい光が注ぐ中、多くの者はその姿を捉えることができなかった。しかし立ち込める土煙の中、砂の灰色を打ち消すほど美しく輝く白銀の髪を見た者も確かにいた。

「……あれは……？」

騎士団を倒してしばらく走っていると、街の奥の方に場違いなくらい新しく大きな建物が見えた。

建物に近づくと発砲音が連続で轟《とどろ》き、硝煙の匂いが濃くなった。それを生み出すあの筒状の武器は銃というらしく、昨夜レーグが教えてくれた。

(なるほど……銃というのは厄介な代物ね)

昨日の戦闘では銃を撃たれる前に騎士団を倒したので威力や仕様を確認できなかったが、これは一刻も早く無力化しないと。

レティシエルはそう考えて自身に防御魔術と身体強化魔術をかけると、石畳の地面を勢いよく蹴った。

通りからレティシエルの姿は一瞬で消え、代わりにヒュォッという風を切る音だけが余韻を残している。

「……ん?」

建物を守る団員のうち一番右にいた男が、奇妙な音を聞きつけてその方向を振り向く。そして彼は目の前から飛んできた大きな礫《つぶて》を避けることもできず、それを額に受けて気絶する。

その鈍い音に男たちが一斉に振り向くと、そこには高速でこちらに向かってくるレティシエルの姿があった。

「おまっ……! その姿はドロッセル様……!」

「はっ!? 嘘《うそ》だろ!?」

　レティシエルが騎士団の集団に歩を進めると、団員の誰かがそう叫んだ。

　騎士団の面々は公爵令嬢の登場に驚きを隠せないようで、武器を手に警戒を高める人もいれば、オロオロと戸惑う人もいる。

　昨日の戦いのことは、あの場にいた団員たちから伝わらなかったのかと思ったが、実際に目撃していない分、真に受けていなかったのかもしれない。

（私は魔力なしだし）

　魔法しか存在しないこの時代に、魔力なしのレティシエルが『魔法』を使ったと言われれば、まぁ信じられないだろう。

「公爵家の令嬢がなんでこんなところにいるんだ！」

「なんでって、そんなの決まっているでしょう？」

　騎士団を率いていると思われる男の叫びに、レティシエルは事もなげに答える。

「この悲劇の連鎖を止めに来たのよ。あなたたちを倒してね」

　その一言に、騎士団は騒然となった。騎士団からすれば公爵家は自分たちの雇い主で味方のはず……だから当然なのだが。

「あなたたちがこのあたりだけを厳重に守っているのを見ると、どうやらそこが酒類製造の本拠地のようね」

　騎士団が背後に守っている、例の巨大建築物を指差してレティシエルは言った。

「そ、それがなんだって言うんだ！　だいたい、お前みたいな深窓の令嬢が一人でノコノコ戦場に来るとは、頭おかしいんじゃねぇか!?」

「お前に何ができるっていうんだ！　さっさと失《う》せろ！」

状況を理解して少し落ち着いてきたのか、騎士団の面々は各々の武器を構えてレティシエルとの距離を詰め始めた。

そんな武装した男の集団に、レティシエルは引くどころか自分から一歩前に踏み込む。確かに彼らの言う通り、深窓の令嬢ならできることは何もない。深窓の、令嬢であれば……。

「そうかしら？　確かに反乱が勃発している現状を覆すことはできないけど」

たかが女一人に負ける自分じゃない。騎士団の面々は大方そんなことを考えているのだろう。

レティシエルは小さく微笑《ほほえ》みを浮かべる。荒れた風の吹く戦場での微笑みは、美しいと同時にどこか異様だった。

「あなたたちを倒すくらい造作もないわ」

その言葉が、バカにされたと感じたのだろう、男たちはこめかみにピキピキと青筋を立てて叫ぶ。

「小娘が……調子にのるな！　おい、銃を構えろ！　あいつは敵だ！　撃ってかまわん！」

指導者の指示に従い、男たちは各々で銃を構え、レティシエルに向かって一斉に発砲した。

数多《あまた》の銃弾が目前に迫ってもレティシエルは慌てることはなかった。その銃弾が自分には届かないと、わかっているのだから。

レティシエルめがけて飛んできた銃弾は、直後彼女の周りに展開された見えない壁に音もなく吸い込まれていった。

それはまるで小石が水面に落ちるように、銃弾を吸い込んだ壁は小さな波紋を作りながらゆらゆらと揺れる。

男たちが愕然《がくぜん》としたのもつかの間、次の瞬間に壁に小さく雷のようなものが走り、先ほど消えてなくなったはずの銃弾が元の姿のまま男たちに跳ね返されてきた。

「いてぇぇ！　腕……腕が！」

「ぎゃあぁぁ!!」

騎士団と言っても所詮はただの傭兵《ようへい》。魔術の攻撃に対する対策などあるはずもない。もともと団結意識など皆無なのか、仲間を見捨てて逃げ出す者も続出している。

「ま、待て！　貴様ら！　逃げるなど……」

「うるせぇ！　俺はまだ死にたくねぇんだ!!」

騎士団の団長らしき男が引き止めようとしていたが、まるで意味がない。

満身創痍《まんしんそうい》になり、どんどん散り散りになって逃げていく騎士団を一瞥《いちべつ》し、レティシエルはしゃがみこんで地面に人差し指で触れる。

彼女が触れた位置から魔術が地面に干渉し、大地に小さな揺れをもたらした。男たちが何事かと戸惑っていると、地面から無数の蔓《つる》が空に向かって飛び出てきた。

「う、うわぁぁ！　こ、今度はなんだっ!?」

「ひぃぃ！　く、来るな!!」

大地を揺らし、まるで意思を持っているかのように蔓は一斉に男たちに襲いかかる。

レティシエルは騎士団をこの場から逃がす気はさらさらなかった。抵抗しようとする者、逃げようとする者、蔓を切ろうともがく者。

それら全てを飲み込み、蔓は男たちの体に巻きついてその自由を奪う。ほんの数分で、その場にいた男たちは全員、蔓に体の自由を奪われていた。

レティシエルは即席の土牢《つちろう》を作って男たちを中に囲い込むと、加工場の中へと足を踏み入れた。

建物の中には酒を製造するための機械が所狭しと並べられ、鈍い輝きを放っている。その他にもいくつか貯蔵部屋があり、そのうちの一室に、大量の鉛が保管されていた。

本当は更なる被害者を増やさないためにも焼却しておきたいが、これは証拠として残しておくべきだろう。

民を苦しめることとなった機械たちではあるが、全てが収まった後に民が生きていくために、この機械は十分な利用価値がある。

（……どうやって止めるのかしら？）

おそらく各種機能を制御するためのレバーやスイッチが機械にはごちゃごちゃついてい

るが、機械なんてロクに知らないレティシエルにその操作方法がわかるわけもない。

何が何だかわからないので、とりあえずレティシエルは付いているレバーなどを片っ端から破壊して回る。かなり荒技な気もするが、致し方あるまい。

破壊行動が完了すると、施設内部から機械の稼働音が全て消え去った。それを確認して、レティシエルは再び外へと出る。

「前衛！　いったん下がれ！　盾を前に回して、銃は今のうちに弾を装塡しろ！」

通りではちょうどレーグ率いる民衆の勢力が、騎士団の残党と戦いを繰り広げている最中だった。

「レーグさん、加勢します」

「いえ、心配は無用です。このくらいの数であればどうってことありません」

すぐにレティシエルはレーグの近くまで駆け寄るが、レーグは人々に指示を飛ばしながらも首を横に振った。

「それより今のうちにフリードのところへ行ってください」

「しかし……」

「こうしているうちに、奴《やつ》は逃げているかもしれません。ドロッセル様の目的はもとからフリードだったはずです！」

「……わかりました。では、この場はお願いします」

確かにこれだけ派手に戦えば、領邸にいるフリードにも伝わるはずだ。それを聞いて逃げる可能性も十分あり得る。

少し心配は残っていたが、それでもレーグにあとのことを任せ、彼の厚意に感謝してレティシエルは戦いの場を後にした。

領邸はこの場所からそう遠くないが、倉庫区画を離れると途端に通りの人の気配がグッと減った。

一応敵襲を警戒しながらレティシエルは進んだが、結局領邸の目前に着くまで一度も敵らしい影を見なかった。

レティシエルが予想していた通り、領邸の周辺にはほとんど騎士団員の姿が見当たらなかった。

(思っていたよりずっと警備の数が少ないわね)

倉庫区画の戦闘に援軍として出向いているからだと思うが、仮にも領地の中心でもあるこの場所が、反乱の最中にこんなに手薄でいいのだろうか。

「……」

その状況に少し不自然さを覚えたが、だからといってここでじっと待っていてもしょうがない。

見張りが一人もいない場所を探し、レティシエルは素早く塀を乗り越えると急いで屋敷の正面に回り、玄関の扉を押し開けた。

「……?」

領邸に踏み込んですぐ、レティシエルは違和感を覚えた。周囲に人の気配がまるでないのだ。

まるで屋敷から全ての人間が忽然《こつぜん》と消えてしまったようだ。あまりの静けさに、何か罠《わな》でも仕掛けてあるのかと、レティシエルは周辺を警戒する。

「やぁ、思ってたより早かったね～」

どこか楽しげな声がホールに響く。振り向けばいつからそこにいたのか、ホール中央の立派な階段の踊り場に、模様一つない純白のローブを着た男が立っていた。

青年の顔を見るなりレティシエルは表情を険しくしていく。彼は少し前、レティシエルの屋敷を襲撃してきた男と同一人物なのだ。

「どうしてあなたがこんなところにいるのかしら？」

「うーん……俺には一応ジャクドーって名前があるんだけどなぁ」

レティシエルに『あなた』と呼ばれるのが気に食わないのか、青年は口をとがらせてブーブーとそう言った。

とりあえずこの男が敵であることは間違いない。レティシエルはすぐに臨戦態勢をとって一歩彼との距離を詰める。

「おっと、待った待った！　今日の俺はただの無防備な伝言役なんだ、だから友好的な話し合いをしようよ」

しかしジャクドーと名乗った青年は両手を頭上にあげ、ヘラヘラとそう言いながら降参のポーズを取ってみせた。

全く戦おうという意思を見せないジャクドーに、彼はいったい何が目的でここにいるのだろう、とレティシエルは一層警戒心を強める。

「お嬢さんの目的はお兄ちゃんでしょ？　そのお兄ちゃんから伝言を預かってるんだよ。聞きたくない？」

そんなレティシエルの警戒を見透かしたように、ジャクドーはニヤニヤと餌をちらつかせて見せる。

「……フリードはどこにいるの？」

「そう焦らない焦らない～、すぐ教えるからさ」

無視して質問をすると、やれやれと大げさに首を横に振ってジャクドーは言う。なんだかいちいち言動でイライラさせてくる男だ。

「フリードは、ここから北にある別荘の跡地で君を待ってるよ」

「……跡地？」

怪訝《けげん》そうな表情を浮かべるレティシエル。領都の北に別荘の跡地があることも初耳だが、意味ありげに跡地とだけ言われてもなんのことかさっぱりわからない。

「あれ～？　もしかして覚えてない？　君にとっては結構思い出深いトラウマがあるところだとは思うんだけどね」

そんなレティシエルの反応が意外だったのか、ジャクドーは一瞬キョトンとしたが、すぐにまたいつもの調子に戻った。

「まぁいいや。とりあえず、ちゃんと伝えたよ。あとは自分の記憶を頼りに頑張って～」

「……！　待ちなさ――……」

「それじゃあね～」

レティシエルの魔術が発動するより早く、ジャクドーの姿は踊り場から忽然と消えた。すぐにレティシエルも踊り場に向かったが、そこにはかすかな風が残っているだけだった。

（……私にとって……トラウマ？）

ジャクドーに先ほど言われた言葉がレティシエルの脳内で何度も反芻《はんすう》される。

それが『ドロッセル』のことであるのは予想がつくが、レティシエルが思い出している記憶の中にそれらしいものは見当たらない。

「……」

フリードがここにいないのなら、これ以上ここにいても仕方ないのだが、かといって彼が今いるという跡地の場所もわからないレティシエルは身動きが取れなくなってしまった。

どうすればいいのかわからず、ホールでレティシエルが考えあぐねていると、不意に玄関の外で誰かが立ち止まる音がした。カッ、という靴音が小さく聞こえる。

新手の敵か、とレティシエルは身構えるが、扉を押し開けて入ってきたのは意外すぎる人物だった。

「……え？　クリスタ？」

そこには制服姿のクリスタが立っていた。普段は丁寧に整えられている前髪は目の前に無造作に垂れており、彼女の表情を隠している。

「……」

無言のままクリスタは一歩一歩こちらに近づいてくる。その足取りはフラフラとおぼつかない。

「……どうして？」

様子がおかしいクリスタに、レティシエルもまたそっと手を伸ばす。

しかしその手が彼女の肩に触れる直前、視界の端にキラリと光った白い線を捉えてレティシエルは瞬間的に後ずさった。

直後、レティシエルの目の前を鈍色《にびいろ》の短剣がかすめていく。それが一瞬だけ毛先を削り、白銀の髪が埃《ほこり》のように舞った。

「やっと……見つけましたわ、お姉さま」

細身の短剣を右手に持ち、クリスタが少しだけ顔を上げる。髪の下から現れた彼女の藤色の瞳は、しかしながら光沢が消えていた。

目の焦点があっておらず、虚《うつ》ろな表情を浮かべるクリスタに、レティシエルはただ困惑した。いったい彼女の身に何が起きたというのか。

「私に、何か用？」

「……ご立派ですね、お姉さま」

そう訊《たず》ねてみるが、クリスタはそれすら聞こえていないのか、全く見当違いの言葉を返してくる。

「聞きました、お姉さまが虐げられた民衆を導いてお兄さまの軍勢を打ち破ったと」

「……それがどうかしたかしら？」

自分の世界に入って会話がかみ合わないクリスタを、レティシエルはただ見守ることしかできない。

「すごいわ、昔からそうでしたよね。優しくて、なんでも完璧にこなせて、領地の人々にも感謝されて、忌み子と言われても決して俯《うつむ》かない、私だけのドロッセルお姉さま」

クリスタは微笑《ほほえ》んでいた。嫌味のない自然な笑みだが、短剣を片手に持っている今、それはどこか狂気じみた印象を受ける。

「そんなお姉さまのことが……私は大嫌いだったわ！」

短剣を振りかぶり、クリスタは叫んでレティシエルに切りかかってきた。とっさに前方に結界を張ってそれを受け止める。

続けざまに心臓をめがけて短剣が突き出されるが、それは体をひねるだけで容易に回避することができた。

「……っ」

様子はおかしいけれど、それでもクリスタのもとの力が強くないため、一撃一撃にそれほど重みはない。

それでも短剣を握っているのがクリスタであり、今世の自分にとって『双子の妹』であるため、傷つけたくなくて反撃ができなかった。

「ねえ、お姉さま。今回もそうなのでしょう？　お兄さまに苦しめられた人たちを助けて、感謝されて崇《あが》められて、私に見せつけてるのでしょ？　私とお姉さまは違うって、私なんかじゃ全然及ばないって」

クリスタはまだ笑っていた。しかしその笑顔は歪《ゆが》み、まるで痛みをこらえるような苦しげなものだった。

「そんなつもりはないわ。ただこうすることが当たり前だと思っただけ。感謝されたいとも、崇められたいとも思ってない」

「……お姉さまはいつもそうよね。いつも澄ました顔でもっともらしいことを言って、模範となるような行動をとって、自分は特別だって知らしめてくる。私のこと、お嫌いなんでしょ？　内心バカにしてるのでしょ？　あのときと同じように……！」

クリスタの口調が徐々に早くなり、少しずつ短剣を振るう速さも上がっていく。結界とナイフがぶつかり合う音がホールに絶え間なく響いた。

勢いに任せた彼女の話は無茶苦茶だけど、初めてクリスタの心情をダイレクトに聞いた気がする。

クリスタが言っている『あのとき』がどのときを指しているのかはわからないが、レティシエルはただクリスタの話を聞き続けた。

これがクリスタにとっての『ドロッセル』なのだ。レティシエルが知らない『ドロッセル』だが、これも一つの『ドロッセル』の姿なのだろう。

「今回もまた、みんながみんなお姉さまを讃《たた》えるんだわ。どうしていつもあなたなの？　私のやってきたことは全て無駄だとでも言いたいの？」

絶えず目の前に迫ってくる切っ先一つ一つが、まるでクリスタの感情そのもののようだ。体に傷はないけれど、心が痛い。

「認められたいだけだったのに、追い越したかっただけだったのに、私の考えていることなんて誰も理解してくれないし、だったら私のこの十年はいったいなんだったの!?　私には他に何もないのに！」

レティシエルとしての自分は、クリスタのことなんてほとんど知らない。でもクリスタにとって、自分は今も昔もドロッセルであり、彼女の人生そのもの。それほどまでに大きな存在だったと、初めて知った。

喉元を切り裂かんと襲い掛かる刃を後方に跳んでかわし、そこでレティシエルは立ち止まる。

この時代に目覚めて、自身に関わるたくさんのものを、レティシエルは無関心と括《くく》って目を向けてこなかった。だけど、クリスタからはきっと、目を背けてはいけない。

だから短剣を構えたクリスタの突進を、レティシエルは避けなかった。鈍色の切っ先はまっすぐこちらに迫り、レティシエルの右脇腹に深々と突き刺さった。

固まったまま動けないでいるクリスタの手を、レティシエルは両手で包み込んだ。

「やっと、こっちを見たわね」

剣を握りしめたまま弾《はじ》かれたように視線を上げ、こちらを直視してクリスタが大きく目を見開いた。まさかレティシエルが避けないとは考えてもいなかったような顔だ。

「……!?」


その瞬間、視界が真っ白になった。

何事かと慌てる前に、目の前に数々の映像がまるで洪水のように一気に流れ込んでくる。

『みてみて、おねえさま！　おねえさまのにがおえがかけたよ！』

『おねえさま！　どうしちゃったの!?』

『あなたと私は違うの。だからもう、近づいてこないで』

『……！　ロシュフォード様！』

『誰が彼をこんな状態にしたのか』

『……ドロッセルお姉さまだわ』

反響する声とともに無数の場面が目の前を通り過ぎていく。

お花畑に座り、本を片手に読書している銀髪の幼い少女に勢いよくスケッチブックを差し出す場面。

左の二の腕に切り傷ができても、それでも目の前でうずくまって耐える銀髪の少女を案

じて叫んだ場面。

胸に数冊の本を抱えた銀髪の少女が、冷たく言い捨てて去っていく場面。

愛《いと》しい人が目を覚まし、何もかも忘れてしまったことを理解してしまった場面。

そして始まりと同じく唐突にヴィジョンは消え、周囲の景色が戻ってきた。

目の前には茫然《ぼうぜん》としているクリスタの顔がある。たぶん、自分も似たような表情を浮かべている気がする。

「……ど、どうして……」

パッと短剣から手を放し、レティシエルの手から逃れるようにクリスタはヨロヨロと後ずさった。

その藤色の瞳には光が戻っている。彼女は今のヴィジョンが、レティシエルの見せた幻覚だと思っているのだろうか。

だけどレティシエルは何もしていない。クリスタが感じている戸惑いを、レティシエルもまた感じていた。

(何……？　今の……)

脳内では先ほど見えた閃光《せんこう》が未《いま》だにちらついていた。見覚えのない景色、聞き覚えのない言葉。

そして、そのほとんどの場面には、どこか寂しそうな表情を浮かべた『ドロッセル』が映っていた。

（……もしかして、あれはクリスタの……？）

あのヴィジョンにクリスタは一度も登場しなかった。それは、これを見ていたのが彼女だったからではないのか。

「……っ」

レティシエルは傷口に刺さっている短剣を引き抜き、それを手の届かないところまで投げ捨てる。

床に落ちた短剣はそのままクルクル回りながらホールを滑っていき、白いタイルには短剣が回転した拍子に飛び散った赤い血が点々と残される。

「……あなたは何をしに、ここへ来たの？」

ひとまず皮膚をつなげるだけの簡単な応急処置を魔術で施し、レティシエルはクリスタをまっすぐ見据えた。

「え……？　何をしにって……それは、お姉さまを……」

「それが目的ではなかったはずよ」

垣間《かいま》見《み》えた記憶がどの時系列のものなのかはわからないが、ロシュフォードが目覚めたあの光景は最近だとわかる。

そしてそれに対して受けたクリスタのショックも、ドロッセルに対して沸き上がった激情も。

「……これはきっとあなたが望んだ答えではないと思う。でも殿下がなぜあんな状態になったのか、私にもわからない」

「……あ」

先ほどのヴィジョンを信じるなら、それこそがクリスタの目的だったはずだ。

ロシュフォードが全てを忘れてしまったことが信じられなくて、受け入れられなくて、衝動的にその原因を作った双子の姉に答えを求めようとした。

「あなたの人生が他に何もない？　それは違う。どんな人間だって、悩んで考えて自分が正しいと信じた道を選んで生きている」

そうして苦悩した先にその人の生きる意味がある。何も持たない人間なんて存在しない。

「あなたが繰り返してきた決断は私にはわからない、これからもきっとわかってはあげられない」

どんなに血縁が近くても、双子に生まれたとしても、自分と彼女は別の人間だ。

だからクリスタが自分の人生に意味を見出《みいだ》せないと言うのなら、それをレティシエルがとやかく言うことはできない。

「けど……殿下にささげた過去も思いも、あなたは自分で否定してしまうの？」

「……！」

その一言に、クリスタが大きく息を呑《の》んだ。

クリスタがロシュフォードに抱いている感情は、決してドロッセルへの競争心によるものではなかった。

　でなければ、彼のために危険な橋を渡ったり、レティシエルを問い詰めようとわざわざ戦地に踏み込んだりしないだろう。

「他の全てを否定したとしても、それだけはあなたのものだと胸を張れるのではないかしら？」

「……」

　言葉を発することなく、クリスタはただ茫然とその場に立ち尽くしていた。

　やがてクリスタはへなへなとホールの床にへたり込む。彼女の瞳がレティシエルの視線と交差する。

「……どうして」

　ポツリとささやくようにクリスタの口から言葉がこぼれる。

「どうして……あのとき、私を……拒んだの……」

「……」

　そこでクリスタの声は途切れ、レティシエルは沈黙した。

　今なら、クリスタが言う『あのとき』がいつのことなのかわかる。姉に冷たく突き放された、あの瞬間、あの一言がクリスタの人生そのものを捻《ね》じ曲げるきっかけとなった。

「……ごめんなさい」

　きっと彼女は今でも、あのときの拒絶の理由を、姉のあの言葉の本当の意味を知りたがっている。

だけどその疑問に対して返せる答えをレティシエルは持っていなかった。『あのとき』の記憶を思い出しても、そのときの感情まで思い出すことはできない。

そのまま倒れこんだクリスタをレティシエルは抱き留めた。その衝撃で右脇腹にズキリと痛みが走り、服についた赤い染みがさらに大きくなる。

どうやらクリスタを抱えたことで重心が右側に傾き、先ほど刺された傷口が広がってしまったらしい。

クリスタを左手で支えなおし、レティシエルは床に膝をついて右手を傷口に当てると治癒魔術を発動させる。

バァン！

そこに正面玄関を勢いよく押し開けた音が聞こえ、慌ただしい足音とともにサリーニャがエントランスに駆け込んできた。

冷静な登場をしたクリスタとは違ってサリーニャの息遣いは荒く、自力で走ってきたことが予想できる。よほど急いでいたのだろうか。

しかしクリスタだけでなくサリーニャまで領地に来ていたとはさすがに予想外で、レティシエルはクリスタを抱えたまま小さく目を見開いた。

「……！」

エントランスホールは、先ほどまでクリスタと繰り広げていた戦いの結果あちこちがかなり大きく破損している。

そんなボロボロのホールの中心に血の付いた短剣が転がり、そして倒れているクリスタと、彼女を抱えて立っているレティシエル。

この状況を見れば、誰だって勘違いしてもおかしくない。サリーニャもまたハッと息を呑み、顔色がみるみる青ざめていった。

二人の様子を見て、おそらくレティシエルがクリスタに何か危害を加えたと考えたのだろう。

もっとも、直前までレティシエルとクリスタは戦っていたので、その認識はある意味間違っていないのかもしれないけど。

「……人殺し……」

レティシエルにしか聞こえないくらいの小さく震えた声で、サリーニャはそう言った。

その言葉は、ドロッセルの夢で聞いたことがあるような気がする。かつて幼いドロッセルにサリーニャが向けていた言葉だ。

でも、今のそれは以前聞いたものとずいぶんニュアンスが違って聞こえた。

夢で聞いたものは、もっと侮蔑や嘲笑のヴェールが色濃くまとわりついていたが、今はそれが全く感じられない。

まるで感情をむき出しにしたような、絞り出すようなまっすぐで重い、そんな言葉。

『人殺し……人殺し！』

サリーニャの言葉が、不意に過去の記憶とリンクする。同じような言葉を、自分は前世でも誰かに言われていた。

それと同時に紅蓮《ぐれん》の炎が記憶の片隅をかすめる。静かに目を伏せ、その言葉を否定することもなくレティシエルはただ小さく微笑《ほほえ》んだ。

どんな言葉も、喉につっかえて口からは出てこない。否定しようとしても、してはいけないのではないかと無意識が叫んでいる。

『レティシエル』が抱える罪の意識が、『ドロッセル』が抱える罪の意識が、『人殺し』であることを認めてしまう。

「……」

「……」

しばらくの間、レティシエルもサリーニャも一言もしゃべらなかった。静寂が二人の間に落ちる。

「……クリスタをお願いします」

やがてレティシエルはクリスタをサリーニャに託し、そのまま振り返ることなく無言で屋敷を後にする。

背中にある姉の気配が、レティシエルを追いかけてくることはなかった。

# 閑章　ワタシの罪

——私は仮面をかぶった人形だ。

もし誰かに、自分がどんな人間だと思うかと問われたら、サリーニャは間違いなくそう答えるだろう。

今から十一年前、世間がスフィリア戦争の話題で持ちきりだった裏で、戦争の陰に霞《かす》むように公爵領ではある事件が起きていた。王女アレクシアの焼死事件である。

当時、公爵領には第一王女アレクシアと、療養先から王都に戻る途中の王妃ジョセフィーナが滞在していた。

王女アレクシアの名前は、今となっては多くの者が忘れているだろう。第三妃ソフィーリアを母に、三人の王子を兄に持つこの王女は、しかしながら極めて体が弱く、人前に出るどころか、城から出ることもほとんどなかった。

それゆえアレクシアの姿を見たことがある人はごくわずかで、世間ではいっとき幻の王女と呼ばれるほど影が薄い姫だった。

そんな王女が公爵領にやってきたのは、同時期に領地を訪れていたドロッセルのところに遊びに来るためだった。滅多に王城から出られない王女の、久々の外出だったという。
サリーニャも王女のことをあまり知らないが、彼女がドロッセルと仲がいいことは知っていた。

その頃からドロッセルは公爵家の面々から好かれておらず、当時八つだったサリーニャもまた、この妹のことが苦手だった。

外見が不気味だったことも理由ではあるが、ドロッセルは優秀だったのだ。貴族の間では魔力なしというだけでドロッセルを無能と蔑む者は多かったが、一番近くにいたからこそサリーニャはその評価がいかに間違っているのかよく理解していた。

それまで公爵家唯一の令嬢としてもてはやされていたサリーニャとしては、妹の存在はとても面白くなかった。

王女アレクシアは領地滞在中、療養帰りの王妃ジョセフィーナと一緒に領都郊外の別荘で生活しており、サリーニャも時々訪れていた。

しかしその別荘が、ある日の真夜中、火事になってしまう。

それにより別荘のほとんどの部分は焼け落ちてしまい、一部の関係者のわずかな証言のみを頼りに、火事の原因は倉庫の蠟燭《ろうそく》の火が絨毯《じゆうたん》に燃え移ったのだとされた。

だけどサリーニャだけはそれが嘘《うそ》だと知っていた。だってあの日倉庫に燭台《しよくだい》なんて置いてなかったことをサリーニャは見ている。

ならば火の発生源は何か、サリーニャには思い当たる物があった。それは火事が起きた日の昼にサリーニャが別荘内に持ち込んだ一つのおもちゃだった。

ドロッセルの付き添いで別荘に向かう途中、道端にいた行商人が試作品だといって無料でくれたおもちゃ。

特別な条件のもとで遊ぶと火を吐くピエロが出てくると、その行商人は言っていた。選ばれた人だけが使えるおもちゃだと。

面白そうでいろいろ弄《いじ》ってみたが、うんともすんとも言わなかった。だから無性につまらなくなって別荘の倉庫に置いてそのまま帰ったのだ。

倉庫には火種になりそうなものなんて何一つなかった。ならば今日に限って外から持ち込まれた物が一番怪しい。それは幼いサリーニャにも想像に難くなかった。

その日はちょうど、ドロッセルも別荘に泊まっていた。父スカルロを始めとした多くの大人が、激しく火の手を上げる別荘の周りでただ火事を見守ることしかできない中、火の海から王妃とドロッセルが出てきた。

『王妃様、アレクシア様は……』

誰かが口にしたその疑問に、ジョセフィーナはただ黙って首を横に振る。

ドロッセルはずっと別荘を見ていた。時々燃え盛る別荘に戻ろうとする彼女を王妃は必死に止めていた。

別荘を呑み込む炎の勢いはなかなか衰えず、ようやく落ち着いたのは夜明け前だった。だけど、アレクシアが別荘から出てくることは最後までなかった。鎮火後に全員で焼け跡を捜索したが、煤《すす》になったのか死体も見つからなかった。

『サリー、君は昨日別荘にいただろう？　辛《つら》いと思うけど、知っていることがあったら教えてくれないかい？』

父の言葉は優しかった。だけどサリーニャはその優しさがどうしようもなく怖かった。

自分が原因かもしれないと知ったら、父はどんな反応を見せるのか、どんな罰が下されるのか、もしかして殺されるのではないか。

そう思うとサリーニャはどうしても、自身が持ち込んだおもちゃの話を切り出すことができなかった。

『……ドロッセル』

その名前は驚くほどスムーズに口からこぼれる。それが、サリーニャがついた最初の嘘だった。

それ以上は言葉が詰まって何も話せなかったけど、その一言だけで父は勝手に脳内で理論を完全に補完した。

『あの疫病神が……！』

そこからはあっという間だった。火事から生還したドロッセルに大人たちはあらゆる罵声を浴びせた。

当時から疎まれていたドロッセルの無実を誰も信じなかった。

その場にいた全ての人がドロッセルを火事の元凶と信じ込み、もうサリーニャが嘘だと訂正を入れられる余地すら残されていなかった。

『……』

でもあの子は何も言わなかった。肯定も否定もしなかった。だからサリーニャもまた、心に促されるまま叫んだ。

『……ひ、人殺し。あなたは、人殺しよ！』

ドロッセルに向かって叫んだ言葉なのに、それはまるで鋭く研がれたナイフのようにサリーニャ自身の心をえぐる。

あれは、自分自身に当てはまる言葉でもあったのだ。

王女アレクシアの死は結局事故として片付けられ、ドロッセルが原因である直接的な証拠も見つからず、真相はそのままうやむやになった。

それから数か月、スフィリア戦争が終結する直前、王妃ジョセフィーナが毒杯を仰いだことを風の噂《うわさ》で聞いた。

公爵領を離れた後、どうして王妃が処刑されるに至ったのかサリーニャにもわからない。だが王妃に言い渡された罪状には、公爵領での王女焼死事件に対する責任も含まれていたという。

その頃になって、サリーニャには一つ気づいたことがあった。それは、犯人は誰でもよかったのだということ。

だってその頃にはもう誰も、火事の元凶が誰だったのか気にも留めていなかったのだから。

『アレクシア姫の件は本当に肝が冷えたよ、あの忌み子もたまには役に立つものだな』

父が書斎で母にそう漏らすところを、サリーニャは聞いていた。

それは大人たちの責任の擦《なす》り付け合いだった。どういう理由であっても、王族を死なせてしまった責任は、罰は、誰も負いたがらない。

だからドロッセルの名前をサリーニャが挙げたことは、それが嘘だろうとなんだろうと彼らには都合がよかったのだ。

一説によると、王女の死の責任は、王妃自ら裁かれることを望んだ罪状らしい。もしかして、王妃は自分が全ての責任をかぶることで、誹謗《ひぼう》中傷の対象だったドロッセルを守ろうとしたのか。

父はサリーニャの嘘を利用し、周りはそれに便乗し、全て丸く収まったならそのままなかったことにした。

だけどサリーニャは、その嘘をなかったことにはできなかった。あの日の嘘が原因で王家が変わり、王妃が亡くなり、気づけばもう後戻りできないところまで来てしまっていた。

それから、サリーニャは人と関わることを拒絶するようになった。誰のせいでもない、ただサリーニャが人を信じられなくなっただけ。

一度気づいてしまえば、社交界が嘘と虚構で満ち溢《あふ》れていることはすぐに受け入れられた。いつもどこかで、誰かが誰かの噂をしている。

それが本当かどうかなんて、話している人も聞いている人も気にしていない。彼らにとって噂はただの娯楽や話題作り、飽きてしまえば簡単に切り捨てる。

そして残された真偽が入り混じる噂だけが、忘れられても消えずにいつまでも社交界の闇にこびりつく。そんな世界が嫌になった。

でも貴族家の人間である以上、社交からは逃れられない。だからサリーニャはもう一人の自分を作った。社交的で、話し上手で、誰からも疑われない『サリーニャ役』。

演じて、演じて、演じ続けて、今ではその役以外で胸を張って『自分』だと言い切れるものが他に何も見当たらない。

昔のサリーニャがどんな子供だったのか、きっと誰も覚えていないだろう。サリーニャ自身ですらわからない。

嘘を守るために嘘を重ね、上っていった先に今の自分がいる。振り返ることなんてできない。だって後ろには何もない、自分にはこの仮面一枚と、嘘で固めた器しかない。

そんなことはとうの昔からわかっているのに、それでもそれを認めるのが怖い自分は、本当にどうしようもない人間だと思う。

つい先ほど、去り際にドロッセルが見せた微笑みがまぶたの裏に焼き付いて離れない。

別荘が煤となったあの日の夜、サリーニャに人殺しと呼ばれたドロッセルは何も反論を口にすることなく、同じようにただ静かに微笑んでいた。

「……」

サリーニャは膝の上に寝かせているクリスタに目を落とす。

最初はただ、嘘で塗り固めた自分を無条件に肯定して受け入れてくれる従順な存在が欲しかっただけだった。

だからクリスタがドロッセルへの感情をこじらせたとき、その恨みを逆手にとってサリーニャはクリスタに近づいた。

自分と同じ劣等感をドロッセルに抱く彼女を味方につけることは簡単で、クリスタの気持ちを汲《く》んで相談に乗ってあげるだけで、クリスタはすぐにサリーニャに心を開いた。

ずっと自分のほうがクリスタを利用しているつもりでいた。でも月日を重ねるにつれ、クリスタの存在意義が徐々にサリーニャの中では変わっていた。

打算しかないサリーニャを、姉だからと無条件に信じて頼って受け入れてくれるクリスタは、サリーニャの中で行き場を失《な》くしていた空虚を埋めてくれていた。

クリスタはどんなサリーニャも否定しない。彼女と一緒にいるときだけは、サリーニャは仮面をかぶらずにいられた。

そんなクリスタの存在があって、サリーニャは嘘の仮面をかぶり続けることができた。サリーニャのほうがクリスタにずっと依存して、ずっと救われていたのだ。

「…………ごめんね」

眠るクリスタの髪を撫《な》で、サリーニャは誰にも聞こえないくらい小さな声でポツリと呟《つぶや》いた。

やがて大きな音を立てて正面玄関の扉が蹴り開けられ、国軍がエントランスホールになだれ込んできた。

兵士たちの先頭に立っているのは、第三王子エーデルハルト。かつてこの場所で血を分けた妹を亡くしたこの王子は、再びこの地を踏んで何を思っているのだろう。

「……」

派手に壊れたエントランス、床に座りこむサリーニャ、倒れているクリスタ。エーデルハルトはぐるりとホール内を見回し、無言で後ろにいる兵士たちに合図を送った。

「恐れ入りますが、ご同行願います」

近くまでやってきた兵士の一人がそう言った。他の兵士たちは持ってきていた担架を広げ、そこにクリスタを乗せると一足先に屋敷から出ていく。

それに続いてサリーニャもまた立ち上がる。そばにいた兵士が手を貸そうとしてきたが、それは断った。

疑う余地もなく、公爵家はこれで終わりだろう。兄が領地で何をしていたのかは知らないが、こんな事態に発展した時点でもう手遅れだ。

今回の反乱の原因だけではない、きっと国はこれまでの公爵家の軌跡もたどって全ての罪状を白日の下に晒《さら》そうとする。

（……なら、私の嘘はどうなる？）

そうなったら十一年前の事件にも言及されるのではないか。これまで自己を形作ってきた全ての嘘《うそ》が壊されるのではないか。王女を死なせた責任を問われて死ぬのではないか。

——嫌だ。

「殿下、このあとはいかがされますか？」

「うーん、とりあえず小隊ごとに分かれて屋敷を調査してくれ。何かあったらすぐ俺に報告するように」

「失礼します！　民衆軍のリーダーと思《おぼ》しき者が戻ってきたとのことです」

「戻ってきたって……どこかに行っていたのか？」

「そのようです」

「なるほど……ここに呼んできてくれるか？　話を聞きたい」

「はっ！」

エーデルハルトはずっと国軍に指示を出し続けている。その横を通り過ぎたとき、サリーニャはふと立ちどまった。

（……あ、そうだ）

ある答えが脳内でひらめいた。処罰におびえる必要なんてない、もっと簡単な方法があるじゃないか。

あの事件の真相に至るピースは未《いま》だサリーニャの手の中にある。だったら『サリーニャ』がいなければいい。それだけで誰もこの嘘を暴けなくなる。

「……フフ」

サリーニャの口から微《かす》かな笑い声が漏れる。前を歩く兵士が一瞬後ろを振り返ったが、俯《うつむ》いているサリーニャが小さく微笑《ほほえ》んでいることに気づくことはなかった。

「……？」

そして去っていくサリーニャの背中を、エーデルハルトは訝《いぶか》しげに見送っていた。

# 五章　黒い炎

ジャクドーの言葉に従って領邸の外までやってきたは良いが、相変わらず別荘跡地の場所がわからずレティシエルは途方に暮れてしまう。

倉庫区画の方角に目を向けてみるが、多少の煙は上がっているものの、戦闘音は聞こえてこない。

（レーグたちのほうも片付いたのかしら？）

様子を見に行こうかと通りまで出ると、ちょうどレーグがこちらへやってくるところだった。

「……！　どうしたんですか!?　その血は」

クリスタに刺された傷はすでに治療し終えているが、血痕は服に付着したままである。そのためレティシエルを見るなり、レーグは素っ頓狂な声を上げた。

「大した傷ではないので大丈夫です。それよりそちらの状況はどうなっていますか？」

「こちらも特に問題はありません。それで……フリードは……」

レーグの問いに、レティシエルは静かに首を横に振る。

「でも、どこにいるかは突き止めてあります」

「これから追いかけられるんですか？」

「ええ」

そこでレティシエルはいったん言葉を切る。別荘跡地についてレーグに聞こうとしたのだが、レーグが果たしてその場所を知っているのかと一瞬不安になってしまう。

「……あの、レーグさん」

「はい」

しばし悩んだが、結局レティシエルはダメ元で聞いてみることにした。このまま何もわからずフリードを取り逃がしてしまったら本当に笑えない。

「別荘跡地……って、どこにあるかわかります？」

「……え」

レティシエルがそう聞いた瞬間、わかりやすいくらいにレーグがあからさまに固まった。

「そこにフリードがいます。私が知っているはずの場所だとは思うのですけど、自分ではあんまり思い出せなくて」

「……」

レーグは黙り込んでしまった。宙を泳いでいるその目には、本当に話してもいいのだろうか、という強い迷いが感じられた。

まただ。メルド村でも、村長が同じような反応を見せていた。ドロッセルが抱えているトラウマは、話題にあげることすら憚《はばか》れる出来事なのだろうか。

「……途中まで、ご案内します」

長い間レーグはじっと考え込んだが、やがて意を決したように大きく頷《うなず》いてみせた。

彼に続いて街中を進んでいくと、レーグがやってきたのは倉庫区画から一番近い領都の西門だった。

門の前には、おそらく騎士団が張ったであろうバリケードがあるが、今は無人で機能していない。バリケードをあっさり越え、レーグは城壁の外へ出る。

西門の外はほとんど開発がされていないらしく、一歩都から出ればそこは草が好き勝手に生える荒れた平地だった。

その草を踏み分けかき分けながら、レーグは先へ進む。彼に続いてしばらく歩くと、ふと地面に丸石のようなものが見えてきた。

最初はそれが点々と続いているだけだったが、奥へ行けば行くほど見かける頻度は増えていく。どうやらかつてここには道があったらしい。

「この一本道を進んでいけば跡地に着きます」

そしてレーグが立ち止まった場所の先には、苔《こけ》やヒビはあるものの、限りなく完全に近い状態で残っている石畳の道が続いている。

「そう……ありがとうございます。ここまでで結構です」

案内してくれたレーグに礼を言い、レティシエルは一人でその先へ進もうとする。

「……一人で行かれるのですか？」

「この先何が待ち受けているのかわかりません。あなたを巻き込みたくないのです」

別荘跡地にフリードがいることを教えてくれたのは、あのジャクドーと名乗る謎の青年だ。

　彼は自分をただの伝言役だと言ったが、目的地で彼の仲間が待ち構えている可能性だって十分ある。そんな危険な場所に、ジャクドーたちとは無関係のレーグを連れていけるわけがない。

「……」

　レティシエルのその答えに、レーグは何か腑《ふ》に落ちない感じがした。悪いことが起きるような気がしてならない。

「……どうか、ご無事で」

　しかし同時に、彼女の瞳の奥に確かな意志と覚悟があることにも気づいていた。だからレーグは彼女を止めなかった。止められないと直感的に理解したのだ。

　遠ざかっていくレティシエルの背中に一礼し、レーグは彼女に背を向け、来た道を戻っていった。

（……この道、私……歩き慣れてるわ）

　何もない一本道だけど、歩けば歩くほどレティシエルの歩幅は大きくなっていく。

　心臓が早鐘を打っている。体が、この先には行きたくないと叫んでいる。

　道は少しずつ傾斜が付き、緩やかな坂になっている。坂が苦しいわけではないのに、そこで急に足がすくむ。

それでもそれをこらえて坂道をさらに上っていくと、突然目の前が開けた。平らにならされた平地には他に建物はなく、道の先には一軒の家があるのみ。

いや、正確には家だった跡地だ。一部の石の壁だけが残され、かつては家の柱だったと思われる木の柱はどれも真っ黒に焦げ、炭化して崩れたのか長さも均一ではない。

（……この場所、知ってる……）

鼻先を炭のような匂いがかすめたような気がした。木が炎に焼け焦げる匂いと同じだ。その匂いがツンと鼻の奥を刺し、レティシエルはその場に立ち尽くした。

「来たか、ドロッセル、待ちわびたよ」

焼け跡の中心で、フリードはレティシエルを待っていた。その顔には笑みが浮かんでおり、妙に自信に満ち溢《あふ》れている。

「フリード……」

「兄に対して呼び捨てとは、大した度胸だな」

「あなたのような外道を親族だと思ったことは一度もない」

「悪者みたいに扱われるなんて心外だな。そんな目で僕を睨《にら》まないでくれ。僕はお前の身を案じてやっているんだよ。やさしい兄だろう」

冷酷な微笑みを浮かべて悪びれることなくそう言ってのけるフリードに、レティシエルはピキリとこめかみに青筋を立てそうになった。

この男はこれだけの悪事をしでかしておいて、それでもなお自分は悪ではないと、そう宣《のたま》っているのだ。

「よくそんな言葉が言えたわね。あなたの行いでどれだけの民が苦しんだと思っているの？　善悪の区別もつかないとは本当に性根が腐っているのね」

「知らないな。民なんて所詮、金を稼ぐための道具だろ？　死んだところで替えはいくらでもいる」

　心底どうでもいいと言うように吐き捨てるフリードにレティシエルは血が滲《にじ》むほど拳を握りこむ。

　本当は今すぐ目の前の男を黙らせてやりたいのだが、怒りに任せて暴走すると村にも被害を与えてしまう。レティシエルは暴走寸前になっている魔素をなんとか鎮める。

「……騎士団に聖レティシエル教の紋章を彫るよう指示したのも、あなたかしら？」

「さぁ、知らないな」

　鼻で笑いながらそう答えたフリードだが、ふとそこでわざとらしくポンと手を打った。

「あぁ、そういえば自警団の団長がたいそう信心深い人間でね、全ての団員に聖人様を信仰させたいがどうしたらいいかと、相談されたことならあったかもしれないな」

　この口ぶり、やはりフリードは全てわかった上で聖人の名を語ることを許可したのだ。レティシエルは思いっきりフリードを睨みつけた。

「まぁでも、お前が僕をどう思っていようとどうでもいいよ。どうせお前は僕には勝てない」

そう言ってフリードは手に持っている杖《つえ》をひと撫《な》でし、勝ち誇るような不遜な笑みを浮かべた。

「あ、これかい？　これはこの地に伝わる聖人様が残した貴重な聖遺物さ」

特に聞いてもいないのに、ご丁寧にフリードはニヤリと笑みを浮かべながら宝杖《ほうじょう》の解説をしてくれた。

フリードの言動から考えて、おそらくこの宝杖が彼の自信の源のように思うが、レティシエルにはその杖が何か特別なもののようには見えなかった。

魔素や魔力が込められている気配はなく、確かに純白の柄の装飾に無駄はなく、いかにも何か特別な力がありそうな神々しさはあるが、それはただの外面に過ぎない。

「わかるかい？　この杖には聖人様の加護が宿っているんだよ。選ばれた者の祝詞に応えて、その者に力を貸し与えるのさ」

「あなたのような人間に力を貸してくれる聖人なんて想像できないわね。そんな物好きな聖人がいるのなら、それは聖人じゃなくて悪魔の化身の間違いよ」

「そうか、お前にはこれの素晴らしさがわからないのか。それは残念だ。やはり僕こそ、この杖に選ばれし者なんだな」

どこかうっとりした様子でそう語るフリードの瞳が危うい光を放つ。転生して以降数回しか対面したことはないが、それでも今の彼が普通ではないことはわかる。

「……何をしたの？」

「さぁ。それはお前が自分の目で確かめるんだな……！」

その言葉とともにフリードは宝杖の柄を握りしめ、勢いよくそれを頭上に掲げた。

その瞬間、杖の先端についた宝玉から全てを焼き尽くさんばかりの強烈な光が炸裂《さくれつ》する。

あまりの眩《まぶ》しさにレティシエルは目を細める。

光の中、フリードの手にある杖が形を変えていくのがかすかに見えた。宝玉からほとばしる銀色の破片が光を浴びて接合と分解を繰り返し、全く異なる造形へと組み変わっていく。

やがて光は波が引くように消えると、そこには白い脈動を放ち揺らめく大剣を携えたフリードが立っていた。元の杖の面影は全くない。

だが剣を持つ彼の右手には黒い霧のようなものが立ち込め、それは蛇のように蠢《うごめ》きフリードを丸ごと飲み込むようにジワジワとその肩を這《は》い上がって広がる。

フリードは変わらず笑みを浮かべていたが、目の焦点は合っていない。会ったばかりのクリスタのときと同じだが、こちらのほうが明らかに異様だ。

様子がおかしいとレティシエルが感じた次の瞬間、フリードはモゴモゴと何か理解できない言語を口走り、勢いよく地面を蹴った。

その予想以上の速度と脚力に、これは本当にフリード本人なのか、とレティシエルは一瞬自分の目を疑う。

ガキィィン！

レティシエルの正面ギリギリの位置で、フリードの振り下ろした剣は結界魔術にぶち当たって重々しい音を響かせる。

(何、この力!?)

結界魔術で防ぐことはできたが、レティシエルはこの時代に来て初めて人間の物理攻撃を相手に自身の結界が軋《きし》む音を聞いた。

それだけ、フリードの一撃は重かった。魔術だとは到底思えない。かと言ってこれだけ強力な技を出せるほど、この時代の魔法は優れてもいない。

(あの杖はいったい……)

強いて言うなら黒い霧をまとったこの武器と力は、かつて課外活動で遭遇した男たちのものと似ている。しかしあのときの男たちの武器にあったような黒い輪はこの杖……もとい剣には見当たらない。

人間的にはありえないほどのスピードで振り下ろされる剣を結界で受け止めつつ、衝撃をかわすためにレティシエルは後ろへ素早く飛びずさる。

それによりフリードの剣は一瞬だけ結界をかすめ、そのまま地面に深々とめり込んだ。

ドォォォォン!!

轟音《ごうおん》とともに、別荘跡地周辺の地面の一部に巨大な風穴ができた。

禍々《まがまが》しい気配をまとった白く光り揺らめく剣が大地に振り下ろされた余波なのか、剣が叩《たた》きつけられた箇所から轟音を立てて地面にヒビが入る。

レティシエルは結界を張りっぱなしにしながら、ついさっきまで自分がいた場所にできた亀裂を睨む。

長年雨風に晒《さら》されてもろくなっている別荘の壁や柱は、たった今加えられた衝撃で崩れているものもあった。

（……おかしい。ありえないわ。フリードがこれだけの力を持っているはずがない。いったい……）

レティシエルはフリードから繰り出されるその人間離れした力に内心驚きを隠せないでいた。

「ハはハははハハは！」

その剣を手にしてから、フリードはまるで別人のように性格が豹変《ひょうへん》していた。壊れた機械のように、ひたすら甲高い笑い声を発してフリードは剣を繰り出す。

そのくせ顔にはお面を貼り付けたようにずっと同じ表情を浮かべ、瞳の奥は淀《よど》んでなんの光も宿していない。

（……きっと、あの黒い霧が原因ね）

フリードの猛攻をうまく避けながら、レティシエルは努めて冷静に状況を分析する。

フリードの腕を捕らえて離さない黒い霧は、明らかに彼に取り付いていた。フリードが剣を振るう度に霧はブルッと震え、一段と大きく膨れていくような気がした。

（ひとまず、あの黒い物質を浄化させたほうがよさそうね）

外から力を取り込んでいるのか、それともフリードから直接力を吸い込んでいるのか。ウダウダ考えていても仕方がない。レティシエルはとりあえず前世の知識で使えそうなものを試す道を選んだ。

千年前にも、急に人が変わったように暴れ出したり、なんの前兆もなく突然身体《からだ》が丈夫になったり、と奇妙な症状を見せる人たちは少なからずいた。

そういった症状を見せる人たちは悪魔憑《つ》きと呼ばれ、そして千年前には悪魔憑きを治療するための浄化魔術が存在していた。

レティシエルの母親だった王妃がその術を得意とし、母が患者を治すところをレティシエルも何度か見ていた。

しかし問題は、浄化魔術は術式規模が大きいうえに式が複雑であるため、発動までに時間を要することである。

（……集中攻撃して体勢を崩そう）

浄化魔術を使う隙を作るために、レティシエルはフリードの動きを止めるべく魔術を連発する。

自身の身の丈ほどの巨大な剣を、フリードは疲れも痛みも全て忘れたかのように軽々と振り回していた。

しかしこれだけ大きく重い武器と無茶な戦い方に、フリード自身の肉体は耐えきれていない。剣を握る彼の腕や全ての重さを支えている足に無数の裂傷が刻まれ、辺りに血しぶきをまき散らしている。

「あハハははハは！」

意味のある言葉を発することなく、ただ狂ったように笑い続けながらフリードは血まみれの腕で剣を横に構える。

彼の右腕にまとわりついていた黒い霧の一部が刀身を這いあがり、その切っ先に禍々しい黒い光となって集う。

その光はやがて巨大な光線となってレティシエルに向かってまっすぐ飛来してくる。正面に結界を展開し、レティシエルはそれを弾《はじ》く。

（……彼らが裏で絡んでいるのかしら？）

光線を受け止めたときの手ごたえが、前に屋敷で謎の仮面の人物からの攻撃を受けたときのものと似ていた。

車輪十字の紋章と白いマントの人物たちが記憶から蘇《よみがえ》るが、レティシエルはひとまずそれらを頭の隅に追いやり、戦いに集中することにした。

フリードの攻撃を防ぎ、時には跳ね返しながら、レティシエルは用意した魔術を次々とフリードにぶつける。

風の刃に追尾させ、周囲一帯を凍結させ、そして最後はフリードの頭上の空気の重さを増加させて押しつぶす。

それらの魔術を、フリードは全て剣を振るって防戦してみせたが、さすがに数が多かったのか対処し切れなくなったのか、最後の空気圧迫を押し返せずに地面に片手をついた。

（……！　今だわ！）

その一瞬の隙を、レティシエルは見逃さなかった。

他の魔術を放ちながら少しずつ発動準備を進めていた浄化魔術が完成した。レティシエルが突き出した両手のひらから白銀の輝きが溢《あふ》れ、それは一本の光線に収束してフリードに向かって放たれた。

体勢を立て直したばかりのフリードにこれを避ける時間はなく、彼は真正面から浄化の光を受け止めた。剣を持つ、右腕を用いて。

「……くっ！」

これこそがレティシエルの狙いだった。

魔術の発動からフリードが動きを再開するまでの時間が短ければ短いほど、彼はとっさの防御を余儀なくされる。

そうすれば黒い霧に飲まれている利き腕を使わなければならない。つまり浄化魔術を黒い霧に直接当てることができるのだ。

白い光と黒い霧、二つの力はせめぎ合うように空気中で見えない火花を散らした。レティシエルはさらに周囲の魔素を導入し、魔術の威力を高める。

しばらくすると白い光が徐々に黒い霧を抑え込み始め、白い光に飲み込まれた黒い霧は水に溶ける砂糖のように呆気《あっけ》なく浄化されていく。

キィエァァァアアアア!!

フリードの腕に巻き付いていた蛇のような霧は、まるで断末魔の叫びのような耳を突き刺す不快な音をたてながら虚空へと散っていき、後には片膝をついたフリードだけが残された。

「お、お願いだ……！　お願いだから、殺さないでく……へぶっ！」

一歩一歩近づいてくるレティシエルを見て、我に返ったフリードは血相を変えて命乞いをしてくるが、レティシエルは問答無用でその頰を風の魔術で横殴りにした。

「そう言って懇願してきただろう民に対して、あなたはいったいどんな対応をしていたのかしらね？」

「ぐっ……！　僕の……僕のせいじゃない……！」

そう言ってこちらを睨《ね》め付けるフリードの目にはまだレティシエルへの怒りや恨みが残っていた。

「それに、僕が死んだら領地はどうなる！　あいつらは僕たちのおかげで生活できて……！」

フリードの身勝手な持論を聞く気などないレティシエルは、彼の体ごと壁に叩きつける。

フリードの肺から空気が押し出され、咳《せ》き込む。

「寝ぼけるのも大概にして。その領民によってあなたは生かされているのよ？　そんなことにも気づけず身分を笠《かさ》に着るしか能のないあなたに、貴族を名乗る資格なんてないわ」

貴族は民に生活を与えているのではない、民は貴族による統治などなくても日々の営みを繰り返す。貴族は、ただより良い生活を送れるように援助をするだけの存在である。

むしろ貴族の生活こそ、民による支えがなければ成り立たないものなのだ。そんな民を蔑《ないがし》ろにしていい理由など、どんな時代においても存在しないだろう。

「く、苦しい……息、が……」

「苦しい？　でも民はあなた以上に苦しんでいたわ。それが理解できないと言うのなら、せめて自分の身で体験してみるしかないでしょう？　民の苦しみ、民の憎しみ、そして怒り。その全てをね」

フリードの周辺を炎が取り囲む。紅色に染まる炎はまるで蛇のようにフリードの体を這い、彼の髪や服をチリチリと焦がしていく。

何もない空間で錯乱したように叫ぶフリードをレティシエルは無言で見下ろした。これはレティシエルが見せた幻覚で、もちろん炎などどこにもない。

「民もあなたと同じ人間よ。貴族だからって民を道具のように扱っていいはずがない。こんなものではきっと足りないわ。それこそ殺したいほど憎んでいるでしょうね」

フリードの目にのみ映った炎の向こうに佇《たたず》み、フリードを無表情に見下ろすレティシエルの姿は、彼にとって死神に近い何かに思えたかもしれない。

「あ、ああ熱い……！　痛いよぉ……！」

頭や顔をかきむしり、まるで自我を手放すかのようにフリードから急速に力と覇気が抜けていく。

「うう……悪かった……僕が悪かったよ……もうひと思いに、殺してくれよ……」

うわ言のようにそう呟《つぶや》くフリードは、先ほどまでとはまるで別人だった。その姿はどこか滑稽で、憐《あわ》れで、そして惨めだった。

「いいえ、殺さないわ。これだけ多くの人を苦しめておいて、死んで勝手に楽になろうなんて許さない。己の行いを嚙《か》み締めて、無様に生きていきなさい。それが、あなたにできるたった一つの贖罪《しょくざい》よ」

レティシエルはフリードを見下ろしながら無表情に告げる。その一言は、フリードにとどめを刺すには十分な威力があった。

「それより聞きたいことがあるわ。あの杖《つえ》はいったい何？　あなたはどうやって……」

レティシエルの質問を聞き終える前に、フリードの瞳からロウソクの火が消えるように光が突然かき消える。

糸が切れた操り人形のように、フリードは自身の体を支える力も失ったのかヘタリとだらしなく地面に突っ伏した。

フリードのいきなりの気絶にレティシエルは少しの間呆然《ぼうぜん》としていたが、思えばフリードが使っていた力はどう見ても人間にはすぎたものだった。

（力を使った反動かしら）

そんなことを思いながら、レティシエルは未《いま》だフリードが握りしめている、例の宝杖《ほうじょう》に手を伸ばす。

「……！」

その瞬間、あたりの空気が一変した。肌をなめる風が急速に冷え、太陽の光がかげる。

レティシエルもまたすぐさま異変を感じ取り、即座にその場から飛びのいた。

頭上の空は晴れているにもかかわらず、いつの間にかレティシエルの周りは深い霧に包まれていた。

その霧から滲《にじ》み出るように、黒い人影がゆっくりと二つ浮かび上がる。

それは徐々にこちらに近づいてきて、やがて純白のマントをまとった人物が姿を見せた。

（あのマント……）

レティシエルにこの場所を教えたジャクドーも、同じデザインのマントを着ていた。どうやらやってきたのは彼の一味のようだ。

「……やはりこの男では足止めにもならないか」

地面に転がって気絶しているフリードを一瞥《いちべつ》するが、男は興味もなげにフンと鼻を鳴らした。

男はマントについたフードを深くかぶっており、仮面でその素顔はうかがえない。両手には無地の黒い手袋をつけている。

「……」

男の背後には、彼の肩ほどの身長しかない小柄な人影も見える。ただしそちらは一言も

しゃべらない上にフードも男以上に深くかぶっているため、性別すら予想できない。

ただ着ているマントの袖やフードの縁には金色の細かな刺繍《ししゅう》が施され、首には赤いスクエアカットの宝石が煌《きら》めく首飾りをつけている。

「何者なの？」

新たな敵の出現に、レティシエルはすぐに臨戦態勢を整える。

今の呟《つぶや》きから考えるに、フリードに謎の武器を与えてレティシエルと戦うよう仕向けたのはこの男である可能性が高い。

「大した者ではない、ただの修道士だ」

フリードの手にあった杖を拾い上げながら、白いマントの男はそううそぶいた。

「修道士？　悪いけどそうは見えないわ」

「そうか、ならそれでいい」

最初から信じさせる気もなかったのか、レティシエルの言葉に対しても男はあっさりとそう返してきた。

「お前と戦うつもりはない。我々の邪魔をしなければそれでいい」

「それはできない相談ね」

「……ならば仕方ない」

男は右手を前方に掲げる。黒い手袋の隙間から煙が上がり、やがてそれは漆黒の炎と化して彼の手を覆った。

そのまま男は右手で地面に触れる。彼が触れた場所からレティシエルの足元までまっすぐ地面に亀裂が走り、そこから轟々《ごうごう》と黒い炎の柱がほとばしる。

以前屋敷を襲撃してきた男は水を操っていたが、彼は違うらしい。即座にレティシエルも魔術を構築する。手から浮かび上がった青い魔法陣から水の竜が飛び出し、かみ砕くように炎の柱を消滅させた。

(あの手袋がカギなのかしら……?)

攻撃を無効化されても、男は動揺することなく次の攻撃を放ってきた。

力の発動とともに脈打つ彼の右手を視界の端に捉えつつ、その攻撃を弾きながらレティシエルはそんな疑問を抱いた。

手袋の隙間からは依然黒い煙が湧きだしており、今や男の右手だけではなく肩まで呑《の》み込んでいる。

(……力の源さえ断ち切れれば)

その現象は、フリードが例の杖を使ったときのものと似ていた。

関係性があるかもしれない。そう考えてレティシエルは、こちらを追跡しながら飛翔《ひしょう》する黒い火の鳥たちに氷の礫《つぶて》をぶつける。

そしてそれによって鳥たちが粒子となって霧散する間に周囲の魔素を総動員し、制御できる最大数の氷の刃を一斉に男に向けて放つ。

「……っ」

男はすぐさま自分の前に炎の防壁を築くが、飛来する氷刃を全て無効化することはできず、そのうちいくつかの刃が壁を潜《くぐ》り抜けて彼の右手に突き刺さった。

だが炎は止まらなかった。切り裂かれて血が滲んだ手袋の間からは群青色の模様が描かれた男の手が見えており、その模様が絶えず鼓動を打っている。

「これが媒体だと思ったか？」

無事なほうの手袋に触れ、抑揚のない声で男は言う。あの手袋は力の触媒ではなく、彼の手に刻まれた模様を隠すためのものだと気づいた。

「どうやら私が勘違いしてしまったようね」

だけどレティシエルはすぐに態勢を立て直し、続けざまに炎と風の魔術を放つ。炎と混ざり合った竜巻が一直線に男を襲う。

手袋を破いても意味がなくとも、彼がレティシエルにとって倒すべき敵だということ自体は変わらないのだから、それに動じる所以《ゆえん》もない。

「……くっ」

竜巻に対抗しようと男も自身の黒い炎を繰り出すが、荒れ狂う暴風に火が燃え広がることができず、ただ黒い霧の粒子が風に巻き込まれて渦を成している。

（これで……！）

男がバランスを崩したその隙を捉え、レティシエルは頭上に巨大な術式を展開する。

雷魔術を複合させた浄化魔術。空中に広がる魔導術式が光り輝き、無数の稲妻が男をめがけて降り注ぐ。

　だがレティシエルの術は男には直撃しなかった。男に当たる直前、彼の前方に突然複数の男たちが立ちはだかり、肉壁として術を受け止めたのだ。

「なっ！」

　レティシエルは目を見開いた。全員が黒いバンダナを身に着けているため騎士団の人間だとは思うが、理性を失《な》くした獣のようにうなり声をあげるその様は異様だった。

　しかも彼らの髪は全て真っ白に染まり、その瞳はまるで血の色のような深紅色に染まっている。

「それは……」

「これが何なのか、知っているようだな」

　知らないわけがない。実際にこの目で見たことはなかったが、オズワルドの話やツバルが教えてくれた話の中で何度も聞いている。

　これは十一年前、９８９年のスフィリア戦争時に戦場に姿を現したという、謎の白髪兵たちと同じものだ。

「そんなものを出して、何をするつもり？」

「簡単だ、こうするのさ」

　男が左手をパッと横に伸ばした。それが行進の合図となったのか、それまでうなりながらその場を一歩も動かなかった白髪の男たちが、一斉にある方角に歩き始める。

「……！」

男たちの行進の先には領都がある。このまま行かせたら、街の人たちに危険が及ぶ。

レティシエルは男たちを追いかけようとしたが、それを阻むように男は大地から炎の柱を発生させ、それがレティシエルを囲んで円形の壁を築く。

「……こんなもの！」

すぐに水魔術で炎を打ち消そうとしたレティシエルだが、その手のひらから術が放たれることはなかった。

「……げほっ！」

突然の息苦しさにレティシエルは大きく咳《せ》き込んだ。そしてその咳《せき》がきっかけとなったのか、体から急激に力が抜けていく。

「ようやく効果が出始めたか」

そんなレティシエルの様子を眺めながら、男は淡々とそう言った。

「お前は特殊体質だからな、常人の倍ほどかかったが効かないわけではないみたいだな」

「……何を、したの？」

「それをお前が知る必要はない。全ては偉大なるお方のみぞ知ることだ」

あたり一面に黒い煙が充満しているにもかかわらず、彼が立っている場所だけは不自然に空白ができていた。

男が結界を張っているわけではない。彼の周囲に漂う霧は、無数の線となって彼の隣に佇《たたず》む謎の人物につながっている。

(霧を……吸っている……?)

炎の隙間から見えるのは、糸のような細い霧たちがその者のフードの下へと消えていく様だった。

先ほどの男の口ぶりだと、この霧は人体に害を与える。ならばそれを吸い続けて未だ何事もなく立っていられるのは、いったいどういう原理なのか。

「本当は殺してやりたいよ……あのお方の邪魔をする貴様など……！　でもそれは偉大なるお方の御望《おのぞ》みに反する、そんなことはできない！」

男の感情に呼応するように周囲の霧の濃度が一気に跳ね上がる。吸わないようにしたいが、魔術がまともに使えないこの状況では何も対処できない。

レティシエルは激しく咳き込んだ。口から黒い塊が地面に落ち、それが血塊だと気づくまでしばらくかかった。

(……?　足、音……?)

ふと遠くから地響きのような音が聞こえてきた。大勢の足音が重なってそう聞こえるのだ。

次の瞬間、白髪の男たちの頭上に黒い影が舞い上がった。その影はそのまま男たちの中央に落下し、着地と同時に派手な土煙と大地を揺るがす地響きを周囲に轟《とどろ》かせた。

煙はすぐに晴れ、地割れを起こした地面には両手に長剣を携えた少女が立っていた。片方の剣には筒状の物体がくっついており、それは銃のようにも見える。

一人の男が少女につかみかかる。しかしその手が相手に届く前に、男の首は少女が振りぬいた剣により吹き飛んだ。

「メイ！　なるべく一か所に全員を追い込め！　他の者は速やかに連中を包囲しろ！」

ハニーブロンドの髪をなびかせるその少女は、かつて学園祭で第三妃の護衛として同行していたメイだった。

軍を率い、馬に乗って駆けてきたくすんだ金髪の少年は、開口一番メイに向かってそう指示を飛ばし、兵士たちに素早く命令を出す。

それにメイはコクリと頷《うなず》き、その通りに動き始めた。あの小柄な体のどこにそんな怪力が眠っているのか、二本の剣を軽々と振り回し、超人的な跳躍力で戦場を縦横無尽に跳び回り、男たちをいとも簡単にねじ伏せていく。

「ぐぎゃ！」

メイの背後から、集団より外れた白髪の男が彼女に襲い掛かろうとしたが、彼方《かなた》より高速で飛来した矢が男の眉間を的確に射抜く。脳天から血を流し、男が絶命する。

弓を引いたのは、栗色《くりいろ》の髪をポニーテールにした少女だった。彼女は確か、第三妃の侍女をしていた……。

「……これくらいが潮時か」

炎の壁越しに白髪の兵たちをなぎ倒す官軍を眺め、男は前方に黒い炎を展開させるとこちらに背を向けた。

「ま、待ちなさい！」

その背中に向かって叫ぶが、男は振り返ることなく炎に紛れて消えていった。

霧を吸収していた謎の人物もその作業をやめ、男に倣ってその場を去ろうとする。

二人を追いかけなければいけないのに、レティシエルの足は依然として力が入らず、思うように動いてくれない。

「……」

炎の中に消える最後の一瞬、謎の人物は少しだけ立ち止まり、レティシエルのほうを振り返った。その姿が陽炎《かげろう》の中に消え、レティシエルの脳裏に一つの記憶がよぎる。

それはナオと出会うずっとずっと前の記憶、かつて魔術の師として心から慕っていた人の死。

『』

誰かの声が燃え盛る炎の音にかき消される。先ほどまでいただろうか、炎の向こう側に小さな少女が立っていた。

黒い炎の煙が霧散したためか、先ほどまで鉛のように重かった体が嘘《うそ》のように軽くなっていた。膝に力を込め、レティシエルは立ち上がる。

『　』

少女の口が動く。何か話しているようだけど、この轟音《ごうおん》に飲まれて何も聞こえない。これは現実なのか、それともレティシエルが見ている幻なのか。

「………アレク、ちゃん……」

その名前は驚くほどすんなり口から滑り出た。ずっと正体を突き止めようとしていた名前が、こんな場所につながっていたなんて想像もつかなかった。

今すぐにでも彼女のそばに駆け寄りたくて、レティシエルはフラフラとおぼつかない足取りで燃え盛る炎の海に足を踏み入れようとする。

「行くな!!」

背後から切羽詰まったような叫びとともに、誰かがレティシエルの腕をつかんだ。

腕をつかむその手には並々ならぬ力が込められており、そのまま後ろに引かれるままレティシエルは二、三歩あとずさる。

振り向くと、そこには青い顔をした少年がレティシエルの腕をつかんで立っていた。先ほど軍の指揮をしていた少年だ。

――「私」は彼を知っている。

心の中でそんな確信が沸き上がった。

喉までせりあがってきた言葉を口にすることなく、レティシエルはそのまま意識を手放した。

# 六章　ドロッセル

家が燃えている。視界一面がオレンジ色に染まり、パチパチと火花が爆《は》ぜる音が耳の奥まで支配している。

燃え盛る建物の前、火に覆われた入り口の前でレティシエルは立ち尽くしていた。幼いその小さな体を包んでいる服はあちこちが焼け焦げ、そこから真っ赤にただれた皮膚が垣《かい》間《ま》見《み》えていたが、彼女はただ茫然《ぼうぜん》と家を見上げるだけでそれを治そうともしない。

『先生！　先生――!!』

すぐ近くから少年の悲痛な叫び声が聞こえる。右目を包帯で隠したその少年は、先生のことを呼びながらまさに火の中に飛び込もうと暴れていた。

『ダメ！　あなたまで飛び込んだらダメ！』

そんな少年を背後から必死に止めながら、先生によく似た風貌の少女は涙をこらえるように唇を噛《か》んでいた。

あの子は誰だったのだろう……あぁ、そうだ、先生の娘だ。あんなに一緒に遊んでいたのに、記憶が曖昧なのはなぜだろう。

ゴォォン……。

三人が傍観している中、木造である先生の家はすぐに燃え尽き、轟音とともに柱が折れる。まるで断末魔の叫びを上げているように屋敷はミシミシと音を立てて崩れた。

『……』

倒壊の波動で熱風が顔面を打ち、火花と焦げ臭い匂いが周囲にまき散らされる。さっきまで暴れていた少年は、まるで糸が切れたマリオネットのように力なくその場にへたり込んだ。

『……うわぁぁあぁあっぁぁぁ！！！』

薄く灰がつもる地面に両手をつき、少年は号哭《ごうこく》する。

『人殺し……人殺し！』

涙でぐちゃぐちゃの顔で、少女はレティシエルに向かってそう叫んだ。

その言葉に、レティシエルは何も返すことができなかった。だって自分は先生を助けられなかった、見殺しにしてしまった、最後まで一緒にいたのに、だから――……。

炎はひときわ大きく燃え上がり、思い出もろとも燃やし尽くそうとする。やめてと何度も叫ぶが、炎は消えてくれない。

『ドロシーちゃん』

炎に交じって誰かが名前を呼んでいる。振り向くと炎の壁の向こう側に、陽炎のように揺らめく一人の幼い少女が立っていた。

燃えるような赤い髪を、オレンジ色の炎が撫《な》でていく。大きな宝石のような青い瞳のその少女は、泣きそうな笑みを浮かべてこちらを見ていた。

思い出した。あの子だ、あの子がアレクシアだ。ドロッセルの記憶の中にずっといたアレクちゃんとはこの子のことだ。

炎の向こうのアレクシアに向かって手を伸ばす。自分もそっちに行きたいのに、炎の壁がそれを阻む。

『ごめんね、ドロシーちゃん』

アレクシアがそう呟《つぶや》く。炎の熱気に飲まれているからか、彼女の声は震えていた。

『ごめんね、兄さま……』

アレクシアの目から溢《あふ》れた涙は、炎の熱に巻かれてすぐに乾いてなくなった。そして炎の勢いは止まらず、小さな親友の姿をも紅色に染め上げる。

この光景、知ってる。十一年前のあの場所で、『ドロッセル』はこれと同じ状況でアレクシアを看取《みと》っていた。

『人殺しめ』

『この人殺し』

『人殺し人殺し人殺し人殺し人殺し人殺し人殺し人殺し——……』

アレクシアを呑《の》み込んだ炎は無数の影を映し出し、怨嗟《えんさ》の声が耳にこびりつく。突き刺さる言葉の刃が痛くて、両手で耳を塞いでしゃがみ込むと、熱いはずなのに氷のように凍えた炎が逆巻き、全てをかき消す。

そしてあとに残ったのは冷たく分厚い氷の壁と、自分以外誰も存在しない静寂と孤独のみ。その囲まれた壁の中心に、『ドロッセル』は一人うずくまっていた。

——あぁ、ここがあなたの世界の全てだったのね。

これがドロッセルの心、ドロッセルの孤独。夢の終わりとともにその小さな背中は霞《かす》み、一筋の雫《しずく》となって消えていった。

＊＊＊

頬を伝っていく何か、レティシエルはゆっくりと目を開けた。目じりに触れると冷たい感触に、さっきのは涙かとストンと納得した。

目覚めて最初に飛び込んできたのは数本の梁《はり》が渡してある布の天井で、ここがテントの中だと気づくまでしばらくかかった。レティシエルは横になっていたベッドから起き上がる。

白いテントの布には淡いオレンジ色の光が映し出されている。どうやら今、外では日が傾き始めているようだ。

（……ずいぶん、懐かしい夢を見ていた気がする）

夢の光景を思い出し、レティシエルはそっとため息を漏らした。

まだレティシエルがナオと出会うずっと昔、レティシエルには魔術を教えてくれていた先生がいた。

先生も、先生が教えてくれる魔術も大好きだった。一緒に学んでいたあの包帯の少年や、先生の娘と遊ぶことが何よりも楽しみだった。

だけど先生は死んでしまった。先生の暮らす屋敷が燃えて、一緒に逃げようとしたけどできなくて、気づいたときには一人で屋敷の外に立ち尽くしていた。

(……どうして)

どうして忘れていたのだろう、なぜこのタイミングで思い出したのだろう。あの別荘跡地でドロッセルの記憶に触れて、かつての自分の罪が共鳴したのだろうか。

既に夢から覚めているのに、耳にはまだ夢で聞いた『人殺し』の叫びがこだましている。だけどその言葉は懐かしくて、レティシエルは瞬間的に悟った。

――この子は、私と同じなのだ、と……。

過去に大切な人を死なせた罪悪感。先生もアレクシアも最期のときの直前まで、一緒にいたのは自分だった。

どうしてもっと早く気づかなかったのか、なぜ一番近くにいたのに助けられなかったのか、そんな自責の念に苛《さいな》まれ、人殺しと罵られながらも、その通りだと黙って受け止めていた。

レティシエルは先生を忘れないため、贖罪《しょくざい》のため、彼が遺《のこ》していった魔術の研究にのめりこみ、ドロッセルは周囲の望むままに嫌われ者であることに甘んじ続けた。

でも、レティシエルのもとにはナオが現れた。先生を死なせてしまった後悔が消えるわけでも、自分を許せたわけでもない。

それでも彼のおかげで、レティシエルにとっての魔術の存在意義は変わった。贖罪のためだけではない、魔術をまた心から好きだと思えるようになった。

なら『ドロッセル』は？　彼女にはいたのだろうか。閉ざされた氷の壁の中から彼女を連れ出してくれた人が……。

「失礼しま……っ！」

ふいに誰かがテントに入ってきて、起きているレティシエルを見てハッと息を呑んだ。

そちらに目を向けると、白衣を着た女性が入り口付近に立っていた。栗色《くりいろ》の長い髪をポニーテールにしたその女性に、レティシエルは見覚えがあった。

「……アーシャ様？」

学園祭などで何度か話をしたことがあるため、頭はぼんやりしていたがその名前はすぐに口から出た。

「はい。覚えていてくださったのですね、ドロッセル様」

「ええ、お久しぶりです。でも、どうしてここに？」

レティシエルは首をかしげる。学園祭で彼女と会ったとき、彼女は第三妃の侍女として同行していたはず。

それにレティシエルの記憶では、意識を失う直前に彼女とメイが戦っていた光景を見たような……。

「私ですか？　私は医療班として今回の行軍に同行しているんです」

「医療班、ですか？」

「はい。実を言いますと、こちらのほうが私の本業でして」

まだまだ未熟ものですが、と続けてアーシャは気恥ずかしそうに肩をすくめ、両手を背後に組んだ。

「私の家は騎士の家系なので昔はハインゲル学園にも通っていましたけど、どうしても人を生かす道を諦められなくて」

「そうだったんですか……」

アーシャの実家であるグウェール子爵家が代々騎士を輩出する貴族家であることは、以前ヒルメスから聞いたことがある。

（だからアーシャ様は学園をやめたのね……）

彼女が士官育成機関であるハインゲル学園を中退していた話もヒルメスから聞いて知っていたが、そんな理由があったとは知らなかった。

「そうだ……！　お付きの方がドロッセル様のことをたいそう心配しておりましたよ。呼んできますね！」

「あ、はい」

そう言ってアーシャがテントを出て行く。しばらくぼうっと入り口を見ていると、すぐに外から慌ただしい足音が聞こえ、ルヴィクとニコルが駆け込んでくる。

「お嬢様!!」

レティシエルを見るとニコルは一直線にベッド脇にやってきて、そのまま地面にへたり込んで泣きじゃくり始めてしまう。

「ご無事で何よりです……！」

一緒にやってきたルヴィクも開口一番ホッとしたようにそう言った。しかし心なしか二人とも顔色が悪く、ルヴィクはなんだかソワソワしている様子だ。

「二人とも、平気なの？」

「私たちよりお嬢様ですよ。お体の具合は大丈夫ですか？」

「ええ……」

そう返事はしたものの、レティシエルの頭は未《いま》だにボーッとしていた。まるでまだ夢から覚めていないような夢見心地で、うまく思考が回らない。

「……あぁ、そうだ。ニコル、レーグさんには会えた？」

唐突にレーグの顔が脳裏をよぎり、レティシエルはニコルにそう訊《たず》ねる。かなり脈絡のない質問だったが、ニコルはパッと顔を輝かせた。

「はい！　でも、驚きました。まさかお嬢様とおじさんが一緒に戦っていたなんて！」

「そっか、それはよかったわ」

　ホッと胸をなでおろし、レティシエルは続けてルヴィクに目を向ける。

「ルヴィクもごめんなさいね、いろいろ心配をかけてしまって」

「え……あ、はい、いえ」

「？」

　心ここにあらずといった様子で、レティシエルが声をかけてもルヴィクは上の空だった。しかもなんだか態度もよそよそしい気がするが、考えすぎだろうか？

「こんにちは、失礼してもいいかな？」

「……？　はい、どうぞ」

　ふとテントの外から声がかかる。どこかで聞き覚えのあるその声に、レティシエルはすぐに返事をした。

　テントに入ってきたのは、くすんだ金髪に空を写し取ったような水色の瞳の少年だった。あのとき、真っ青な顔で炎の中のレティシエルの腕をつかんだのは、確かに彼だ。

「エ、エーデルハルト様……！　御前にて失礼いたします！」

「いいっていいって、そんなかしこまらなくて。それより二人とも少しは寝たほうがいいのではないか？　徹夜もさすがに三日目は厳しいって」

　なんとあの日からレティシエルは三日間も眠っていたらしい。

そして三人の会話を聞いている限り、その間ニコルとルヴィクは一睡もしていなかったようだ。これにはレティシエルも二人の体調が心配になる。

「二人とも、私は大丈夫だから休んできて。あなたたちが体を壊してしまったら元も子もないわ」

「お嬢様……わ、わかりました」

またあとで来ます、と言い残してニコルとルヴィクは去っていく。ルヴィクは最後までほとんどしゃべらなかった。

「……」

二人が退出すれば、あとにはレティシエルとエーデルハルトの二人だけが残される。沈黙が流れた。

レティシエルを見るエーデルハルトは、どこか覚悟を決めたような毅然《きぜん》とした様子だった。その真剣な表情を見ていると無性に懐かしくて、フッと小さく微笑《ほほえ》んだ。

「……ねぇ、ドロ——……」

「……エーデルさま」

エーデルハルトの言葉にかぶせるように、自然にその六文字の言葉が口をすり抜けていった。

「……っ」

目の前には驚きのあまり目を見開いて突っ立っているエーデルハルトがいる。どうしてしてきた。

そんなに驚いているだろう。昔と同じように呼んでいるだけなのに。

しばらく茫然《ぼうぜん》としていたエーデルハルトは、やがて恐る恐るこちらに向かって手を伸ばしてきた。

「……!?」

だがエーデルハルトの手が触れる直前、まるで気泡が破裂するように突如としてレティシエルは正気に返った。

ほぼ反射的にレティシエルは伸ばしていた手を引っ込める。自分のもとに戻ってきた手は震えており、冷や汗が背中を伝う。

(今……私は何をやっていた?)

つい先ほどまでの自分の行動と思考を思い返して、全身から血の気が引いた。

あれはレティシエルの意志ではなかった。レティシエルは第三王子を『エーデル』だなんて呼ばない、顔を合わせたのも今が初めて、懐かしいなんてどうして思ったのだろう。

まるで、誰かに操られていたように、誰かに意識を乗っ取られていたように……。

(……なら、さっきの私は、誰だった……?)

自問自答せずとも答えはわかり切っている。この体に眠る意識なんて他に一人しかいない。

「だ、大丈夫?」

「……エーデル様」

困惑と心配が入り混じった表情でエーデルハルトはこちらの顔色をのぞき込んでいる。

今度は自分の意志で、レティシエルは記憶の蓋を開けてその名前を口にする。

先ほどの一連の言動が引き金となったのか、直前まで思い出せていなかった昔の記憶が一気にあふれ出てきた。

第三王子エーデルハルト。第一王女アレクシアの兄であり、ドロッセルの幼馴染《おさななじみ》でもあった少年。物を作ったりいじったりすることが好きで、記憶の中で壊れていた時計を修理したのも彼だった。

「……アレクちゃんが亡くなって以来、ですね……」

「……そう、だね」

そんな幼馴染の姿は、アレクシアが死んだあとにドロッセルの記憶から姿を消していた。レティシエルの言葉に、エーデルハルトは小さく呟《つぶや》く。

「忘れて、なかったんだ」

「……忘れていたよ。どうして、忘れていられたんだろう……」

うつむいたレティシエルに、エーデルハルトは何か言おうと口を開くが、それが言葉になることはなく静かに溶けた。

「エーデル様」

「何？」

「アレクちゃんのこと……アレクシアのことを話してくれますか？」

もう、忘れたくない。そう言葉を続けてレティシエルはそっと目を伏せた。それはドロッセルの願いであり、レティシエルの願いでもあると、今なら胸を張って言える。

レティシエルの要望に最初はエーデルハルトも面食らった様子だったが、やがて近くにあった椅子をベッド横まで移動させ、そこに腰を下ろした。

「正直、どこから話したらいいかわからないが……」

そう前置きしてエーデルハルトはポツポツとアレクシアのことを話してくれた。

世間では幻の王女と呼ばれていたアレクシアだが、彼女は王城を照らす光のような存在だったという。

王妃や第二妃コルデリカにもよくなつき、いつもライオネルにねだって勉強を教えてもらっていたり、そこに彼女がいるだけでみんなが笑顔になった。

だけどアレクシアは十一年前の戦争のさなか、この地で起きた火災で命を落とし、それから王城の空気は目に見えて変わった。

王妃が毒をあおり、ロシュフォードが心を病み、ライオネルは熱を出して倒れるほど病的なまでに勉学に打ち込むようになり、第三妃は体を壊しがちになった。

「……」

そしてドロッセルはさらに孤立するようになった。城の人たちにとってだけではない、アレクシアはドロッセルにとっても太陽だったと今はわかる。

アレクシアを中心に回っていた城の中の小さな世界が崩れ、いろいろな人の心にヒビを入れて、その傷は今も胸の中で血を流している。

「……公爵家は、このあとどうなりますか？」

まぶたの裏に涙がこみ上げ、それを無理やり呑《の》み込んでレティシエルは話題を変えた。

「裁判にかけられることは免れないだろう。これまでの罪状も乗っかれば、お家取り潰しくらいの厳罰があってもおかしくない」

「そうですか」

「あんまり驚いてなさそうだな」

「私自身は貴族の身分にこだわりはありませんし、これだけの罪を犯したのだから、それくらい厳しい罰が下されて当然です」

それに、公爵家の処罰よりもレティシエルは他にもっと気になっていることがあるので、眼中にないとも言える。

「……」

「何か他に気になることがあるって顔してるな」

「……そんな顔してます？」

「うん、してる」

見事に考えていることを言い当てられてしまい、とりあえず自分が引っ掛かっていることについてだけでもレティシエルはエーデルハルトに話してみることにした。

「聖レティシエル教に、謎の力か……なるほど」

「私が眠っていた間に何かわかったことはあるのですか?」

「いや、何もないな。調査はしてるんだが、残念ながら既存の情報以外のことはわからないままだ」

「……そう、ですか」

そのあともフリードの使っていた杖《つえ》のことや、あの謎の兵たちのことを聞いてみたが、結果は芳しくなかった。やはり今ある知識だけでは真実に至れない気がする。

「そういえばサリー……お姉様とクリスタは……?」

話題が途切れたタイミングで、レティシエルはエーデルハルトにそう訊ねた。レティシエルが領邸を去った後、二人はどうなったのだろう。

「あぁ、二人だったら俺たちが領邸に突入したときに保護したよ。後日ちゃんと事情聴取するつもりだけど、今は疲れてるみたいだったし休ませてる」

「……」

「気になる?」

「それは、まぁ……」

「同じ陣地内にいるから安心しな。とはいえ今日はもう遅いし、見舞いとかは明日にしたほうがいいかもね」

「そうしようかな……?」

レティシエルは小さく頷《うなず》く。二人の様子は気がかりだけど、自分の体調もあまり優れないし、きちんと休んで明日会いに行こう。

「じゃあ、俺もこの辺で戻るよ」

すっかり薄暗くなったテントの外を見て、エーデルハルトは椅子から立ちあがった。

「ありがとうございました、エーデル様。話せてよかった」

「……うん。今日はゆっくり休んで」

また明日、と言い残してエーデルハルトはテントから出ていった。

「……ふぅ」

一人になると、レティシエルはホッとしたように息をついた。王族相手にため口に近い口調で話していたせいか、妙な気分である。

だけど不思議と違和感はなかった。『ドロッセル』が昔からずっとそうして彼と接し続けていたからだろう。このくらいの距離感が一番しっくりきた。

(少しだけ……この子のこと、わかってきたかもしれない)

これまでにもレティシエルはたくさんの『ドロッセル』を見てきた。

家族にとってのドロッセル、学園でのドロッセル、貴族界でのドロッセル。そして領地の人々やクリスタ、エーデルハルトにとってのドロッセル。

そのほとんどは皆違う人物像で、少し前までそれが一人の人間の姿だと実感を抱くことができなかった。

しかしドロッセルとしての記憶を得て、ようやく自分が『ドロッセル』であるという意識に手が届いたような気がする。

それが良いことと言えるのかはわからない。もう一度ベッドに横になり、レティシエルはそっとまぶたを下ろした。

＊＊＊

伸ばされた彼女の手を、取りそうになって躊躇《ちゅうちょ》した。その手を取ってしまうと、この心に抱えた疑念も、聡《さと》い彼女は全て見透かしてしまいそうで。

ドロッセルと話したあと、エーデルハルトは外に出るとすぐに自分のテントに戻った。頭の中でいろんなことがグルグルと回って、今は一人になりたい。

「……はぁ」

テント内に置かれている椅子に座り、エーデルハルトは眉間を押さえて深いため息をこぼした。

(結局……どうすりゃよかったんだ……)

テーブルに肘をついてエーデルハルトは先ほどまでドロッセルと交わしていたやり取りを思い出して頭を抱えたくなった。

今回の反乱においてエーデルハルトが鎮圧軍の総大将に立候補したのは、単純に王都に呼び戻される直前までこの近辺で聖レティシエル教について調べていたからである。

その調査は王都に戻ったことで中断されてしまったため、反乱を鎮圧したあとにでもついでに調査を再開することが目的だった。

だから領地にドロッセルが来ていたことは全く知らなかったし、そもそも予想すらもしていなかった。

「……はぁ」

ガリガリと無造作に頭を掻《か》く。これでため息をつくのは何度目だろう。

「ため息なんて、らしくありませんね」

そんな声が入り口から聞こえ、目を向けてみるとそこには白衣姿のアーシャが立っていた。

「あれ、アーちゃん？　メイと一緒じゃないのか？」

「メイならもう寝ました。あの戦いでいろいろと消耗したみたいで」

「そっか……メイ、あの場所に行くの嫌がってたもんな」

メイは十一年前のスフィリア戦争時、戦場から帰ってきた父が連れてきた少女だった。時期としてはアレクシアが亡くなった少し後だろうか。戦場に迷い込み、しかもそれ以前の記憶がないから家にも帰せず、扱いかねた結果だと父は言っていた。

保護されたとき、自分の名前すら忘れていた彼女は、金と銀が混ざったような不思議な色合いのブレスレットを手にずっと握りしめていたという。

調べたところ、そのブレスレットは王妃ジョセフィーナの生家であり、スフィリア地方を治めていたウルデ公爵家の跡取りに持たされるもので、公爵家にもちょうど『メイ』という幼い一人娘がいた。

ウルデ家自体は開戦直後にラピス軍に敗北して滅ぼされたが、一人だけ難を逃れたのだろう。

貴族の息女だとわかったため別の家に養子に出すつもりでいたが、メイが魔力を一切持っていないことが判明し、魔力至上主義の貴族界では誰も引き取り手が現れなかった。

それに彼女が母ソフィーリアに妙に懐いたこともあり、そのまま城に留《とど》まることとなったのだ。

ちなみにウルデ家の滅亡により五大公の座に一つ空きが生まれ、そこに当時まだ侯爵だったバレンタイン家が収まって今の体制になっていたりする。

「俺が無理に頼んで連れてきちゃったからな、あとで菓子でもあげて機嫌取ったほうがいいか？」

「若干拗《す》ねていたので、そうしたほうがいいかもしれません。それにしても殿下は本当にメイが気に入っておられますね」

「気に入ってるというか、アレクシアを見てるみたいな感じでつい世話焼いちゃうんだ」

エーデルハルトはそう言ってフフと笑った。アレクシアが生きていたらあのくらいの年になっているし、メイに妹を重ねているのかもしれない。

「そういえば、フリードたちの容態はどうなんだ？」

陣地に連れてこられたとき、フリードや男たちは既に廃人のような状態になっていた。

声をかけても反応はないし、時々何か喋《しゃべ》ったと思っても理解できない言葉ばかりで、治療班に一《いち》か八《ばち》か治療を頼んでいたのだ。

「うーん……治療魔法を施しても全く回復の兆しを見せませんね。彼らもロシュフォード殿下や師団の帰還者と似たような症状なので、正直様子を見ることしか……」

「そうか……。そっちの病状報告は読ませてもらったが、疫病とか憑《つ》き物《もの》の類ではないのだろ？」

「ええ。だけどやっぱり詳しいことは謎のままです。不躾《ぶしつけ》ながら、今回のケースをきっかけに原因究明が進むと良いのですけど……」

本人に聞けば謎の力や武器のこともも何かわかるかと思ったのだが仕方がない。

「殿下はこのあとどうされるおつもりで？」

「とりあえず聖レティシエルの教会に行くよ。本来の目的だし」

そう言ってエーデルハルトは、自身の成したいことについて指折り数え始めた。

「今回の公爵領の事件に、黒鋼の騎士団の暗躍……それに修道士が操る謎の力。父上や兄上は隣国との外交関係を気にして捜査に及び腰みたいだけど、ただでさえ情勢は不安定な現状だし、なるだけ手を打っておきたくてな」

腕を組み、眉間に少々しわを寄せて重々しくエーデルハルトは呟《つぶや》き、そして真剣な表情のままアーシャに告げた。

「というわけで、明日ちょっと教会の本部に行ってくるよ」

「そうですか……って、え？　明日行くんですか？」

「あぁ、調べることは多いんだから、時間があるときに動かないとな」

「……まさか、また護衛も連れずに行かれるのですか？」

「あえて連れていかないんだよ」

　この状況で、仮にも国の第三王子が護衛もつけずに戦地をうろつくことにアーシャは苦言を呈したが、エーデルハルトは首を振った。

「そもそも俺には最強の変装がある！……あ、何ならこの間新しい変装アイデアを仕入れたからもっとうまく化けられるぞ。見る？」

「結構です。いえ、そういうことではなく……」

　飄々《ひょうひょう》とあっけらかんとしたエーデルハルトの言葉に、アーシャは思わずため息をこぼした。

「あの騎士団のように飛び道具を使う敵がいないとも限りませんし、お一人でうろつくのは……」

「もしかして銃の心配でもしてる？」

「……」

「まあ、黒鋼の騎士団がイーリスとつながってることはちょっと前にわかってたしね、向こうからお下がりで古い銃を買ってたっておかしくはない」

銃の技術の輸出を帝国が頑《かたく》なに拒否しているため自国で開発を進めているが、圧倒的な技術力不足で進捗は亀の歩みよりも遅い、というかむしろ全く進んでいない。

メイが使っている銃剣などがその試作品だが、正直銃の部分はお飾りだ。装填数は一発だけだし射程距離は短いし照準もガバガバ、脅し程度にしか役に立たない。

この精度で最新型だとかいうのだから、軍への支給や普及など夢のまた夢である。

「けど国として表立って動くことはできないんだったら俺が個人で動くしかない。王族の責務とか立場ってのはまぁわかるけど、何かあってからじゃ遅いんだ。俺だって色々と伝《つ》手《て》があるから大丈夫、心配するなって」

まっすぐな眼差《まなざ》しでそう言い切ると、エーデルハルトはニッと笑った。やれやれと首を横に振り、アーシャは腰に手を当てて言う。

「……出かけられるときは声をかけてください、メイをつけますので」

「うーん、本当に大丈夫なんだけどなぁ……」

「そういうわけにはいきません」

キッとエーデルハルトをねめつけ、

「そういえば殿下、ドロッセル様ともっと話さなくてよかったのですか？」

「ん？　あぁ、まぁ……うん……いいんだ、今はこんな状況だし、あの人も……」

エーデルハルトは視線を泳がせて言いよどみ、何かを口に出そうとしたがその前に言葉を飲み込んだ。

「……？　殿下？」

「いや、なんでもない。それより治療班のほうは良いのか？　アーちゃん班長だろ？」

「近くに来たから寄っただけです、すぐ戻ります。……気負いすぎないでくださいね、殿下」

「あぁ」

　こちらの様子が若干気がかりのようだが、自分に与えられた役目もあってアーシャはそのままテントから出ていく。

　一人になったエーデルハルトの脳裏には、つい先ほどまで面と向かって話していた幼馴《おさなな》染《じみ》の顔が浮かんだ。

　確かにドロッセルとはアレクシアの死を機に会わなくなった。アレクシアを中心に回っていた王城の世界と人間関係の目まぐるしい変化の渦中で、正直そんな余裕もなかった。

　そして彼女は、親友を目の前で亡くしたトラウマと、親友を助けられなかった負い目により、十一年間一度も領地に寄り付こうとしなかった。

　だから反乱軍のリーダーに、ドロッセルが別荘跡地に行ったことを聞いたとき、いったいどんな心境の変化が起きたのかと仰天した。

　一部の兵士を連れて急行したエーデルハルトが跡地に着いたとき、そこはまるで十一年前の再演のように炎に包まれていた。赤ではなく黒い炎だったが。

　その中心にドロッセルは立ち、何もないところに向かって手を伸ばして炎の中に自ら足を踏み入れようとしていた。

「……っ」

その光景を思い出すと、今でも全身の血の気が引いていく。短く吸った息がヒュッと変な音をたてる。

エーデルハルトはアレクシアの死をこの目で見たわけではない。それでも炎に包まれるドロッセルの背中が妹の姿と重なった。

一瞬彼女が死んでしまうのではないか、自分はまた置いていかれてしまうのではないかという不安に駆られ、反射的に駆け出して彼女の腕をつかんだ。

振り向いた彼女はとても不思議そうな顔をしていた。何してるの？　と暗に聞かれているような気がして、お前こそ何しているんだ、と逆にこっちが叫びそうになった。

だけど彼女の顔色はまるで死人のように真っ青で、エーデルハルトはその叫びを呑《の》み込んだ。

ドロッセルが無事だったことはよかったが、直後彼女は意識を失い、そのまま三日三晩眠り続けた。

（……あの黒い炎が原因なのか？　というかそもそもなんで黒いんだ……）

別荘跡地に充満していた黒い炎の黒い煙。エーデルハルトが来たあとに霧散したが、それを吸った兵士たちは一時的に呼吸困難に陥った。

煙を吸うと呼吸が阻害されるというのは一般的な知識ではあるが、何となくそれだけではない気がする。

（メイも調子が戻らないみたいだし……）

戦いから数日経《た》ったが、メイの体調は未《いま》だ悪いままだ。メイといい、眠り続けたドロッセルといい、あの霧は魔力なしに特に悪影響でもあったりするのか。

（発生源不明の黒い炎……本当に最近のドロッセルの周りには不可解な出来事ばかり起こるな）

あのオルゴールもそうだ。最初にアレを彼女の屋敷で見たときには度肝を抜かれた。だってなぜか封印が解除されていたのだから。

行商人エディとして各地を回るとき、ドゥーニクスの遺産を見かけるとエーデルハルトはいつもそれを回収している。

そうしてほしいとエーデルハルトに依頼していたのはデイヴィッドだ。ドゥーニクスの遺産を見つけたら自分のところに持ってきてほしいと。

デイヴィッドがなぜその遺産にこだわるのか、そもそもそれが何なのかはわからない。ただ一つ教えられているのは、錬金術で封印が施された物体であることのみ。

自分で言うのもなんだが、エーデルハルトは魔法よりも錬金術のほうが得意だ。母ソフィーリアの家が代々その研究をしている家系で、小さい頃から錬金術は身近な力だった。

（……わからないことが増えていくな……）

情報が錯綜《さくそう》してますますこんがらがっている気がする。しかもそこに『ドロッセル』のことも入ってくるのだから頭が痛い。

ドロッセルが目を覚ます以前、エーデルハルトはテントの外で彼女の執事と会っていた。アレクシアの死後に雇った執事だと聞いている。

目覚めないドロッセルを心配して夜通し寝ずに外で待っていた彼に、エーデルハルトはドロッセルについていろいろ聞いたり、自分からもいろいろ話したりした。

かねてからエーデルハルトがドロッセルに抱いていた違和感、それは彼女の執事にも思いあたる節があるようで、こちらの話を聞きながら彼は時々目を泳がせて不安そうな表情を浮かべていたのを覚えている。

その違和感の理由について、あのときエーデルハルトは彼女に探りを入れるつもりでいた。

だけど、目を覚ました彼女は、アレクシアのことを覚えていて、思い出していた。十一年ぶりに再会した自分を見て、昔と変わらない愛称を呼んで泣き笑いを浮かべた。

『ごめんね……ごめんなさい、エーデルさま……』

アレクシアが亡くなった直後、城の廊下でエーデルハルトは一度だけドロッセルとすれ違ったことがある。

泣きながらそう言って、ドロッセルは懸命に笑って強がっていた。あのときと同じ顔、同じ声で――……。

「……ドロシー」

昔は当たり前のように呼んでいたその名前では、ついに彼女を呼べなかった。

だけど彼女と過ごしたあの短い時間は、控えめに言って楽しかった。エーデルハルトと話すドロッセルは昔の彼女と何一つ変わらなくて、懐かしくて泣きそうになる。

それが同時にエーデルハルトの決意を鈍らせた。彼女がいったい何者なのか、エーデルハルトは再び答えを見失ったのだ。

「……あぁもう！」

わしゃわしゃと自分の髪を掻《か》きまわして、エーデルハルトはそのままペタンとテーブルに突っ伏した。

頭の中で納得していることと、していないことが多いのも、それにエーデルハルトが振り回されていることも変わってはいない。だけど……。

（……いいか、今はまだ、このままで）

今はまだ昔と変わらない関係でいられる。抱いている違和感が消えたわけでも、疑念が払しょくされたわけでもないが、ひとまずそれでいいと思えた。

（それに、もう少し彼女を泳がせておいたほうがいろいろと都合がいい気もするし……）

そんなことを考えながらエーデルハルトは天井を見上げ、情とせめぎあう自身の打算的な心に自嘲する。

十一年《今》ぶり《の》に再会した幼馴染《彼女》とどう接したらいいのか、エーデルハルトはまだわからなかった。

# 七章　反乱の終結のその後

　エーデルハルトと話した翌日、その日の空は灰色の雲に覆われて曇っていた。朝食を済ませ、レティシエルはそのまま着替えてテントの外に出た。

　早朝であるにもかかわらず、陣地にいる兵士の数は少なめだった。きっと反乱の鎮圧や事後処理、民への対応で忙しいのだろう。

「すみません、聞きたいことがあるのですけど……」

　近くを巡回していた兵士を捕まえて、レティシエルは道を尋ねる。彼女には今、行きたいテントがあるのだ。

「あぁ、そのテントでしたらこの先まっすぐ行ったところにあります」

「ありがとうございます」

　兵士が指示した方向にはテントが数個あるだけで、見張りの兵士たちもあまりいない。

兵士にお礼を言い、レティシエルは教えられた通りに進む。

　目的のテントは通りの一番奥にあった。入り口の前には二人の兵士が槍《やり》を片手に見張りで立っている。

「すみません、面会を希望したいのですけど」

「……え？　面会、ですか？」

レティシエルの要望がそんなに意外だったのか、見張り二人は互いに顔を見合わせてしまう。

「もしかして今は都合が悪いですか？」

「いえ、そういうわけではないのですが……」

「通してください」

歯切れが悪い兵士たちに、テントの中から女性の声が聞こえてくる。兵士たちは再び顔を見合わせ、スッと両脇に下がるとレティシエルに入り口を空けてくれた。

「どうぞお入りください」

兵たちの横を通り、レティシエルはテントの中へと入る。

内部にはベッドと机、そして椅子があるだけで他に何もない。ベッドの上にはクリスタが座っており、ジッとレティシエルを見つめていた。

「……」

「……」

何を話せばいいのかがわからず、レティシエルはしばらくクリスタに目を向けたまま沈黙する。

「……ごきげんよう、お姉さま」

先に口を開いたのはクリスタのほうだった。彼女の口元には笑みが浮んでいたが、それはどこか自嘲的なものだった。

「……お姉さまも、私のことを馬鹿な女だと思っておられるのでしょう？」

唐突にそんなことを言い出すクリスタに、逆にレティシエルのほうがキョトンと首をかしげてしまう。

「どうしてそう思うの？」

確かにこれまでの関係は特に良いわけでもないが、馬鹿だなんて思うほどレティシエルはクリスタを邪険にしていないつもりだ。

「だって皆様がそう言っていますもの、双子なのに大違いだって」

皆様、というのは軍の兵士たちのことだろうか。思えば陣内を歩いていても、兵士たちからチラチラと視線を感じていたような気がする。

「同じフィリアレギスの名前を冠しているのに、お姉さまは正しい道を進み、私は道を踏み外した、と。お姉さまも同じ考えでしょう？」

「…………正しい道、ね……」

自虐的に言うクリスタに、目を伏せてレティシエルは小さく呟《つぶや》く。それは、何をもってして正しいと決められた道なのだろう。

「正しさも間違いも、本当のところでは存在しないんじゃないかしら」

「……？」

「常識的な面での認識はあると思うけど、そんなものは変わるわ。一人一人の物差しによっても、時代によっても違う」

実際レティシエルが正しいと思っていることは、この時代では当たり前ではなかったりするし、今の平和な時代の『正しさ』は千年前の戦乱の世では通用しない。

「あなたは自分の行動の結末がわかっていた。わかった上で、それでもそうすることを選んだのでしょう？」

「……」

レティシエルの問いにクリスタは答えず、ただ真顔のまま黙ってレティシエルを見つめている。

「他人から見れば、それは愚かに見えるかもしれない。でもそれがあなたの望んだ結果なら、それはそれでハッピーエンドじゃないかしら？」

「……」

「正しいも間違いもない、私は私の正義、あなたはあなたの正義を貫いた。それだけのことよ」

「………」

クリスタは何も言わない。その代わり二の腕をつかむ力が強まり、彼女自身もうつむいて何かをこらえるように唇をかみ締めていた。

「それに、あなたが思っているほど私はあなたを嫌ってはいないと思うわ」

もちろん好きなのかと聞かれたら首をひねらざるを得ないが、過去の記憶の断片を思い出したこともあって昔ほどクリスタへの印象は悪くないつもりだし、昔ほど無関心でもないつもりだ。

　レティシエルがそう言うと、クリスタは予想外というように目を見開き、何を思ったのかそのままうつむいてしまった。

「私がとやかく言えることでもないけど、今でも私が憎いのなら、あなたが幸せになればいいと思うわ。それが一番手っ取り早い復讐《ふくしゅう》よ」

　前世で先生がレティシエルにそう言ったことがあるような気がする。

　正直、過去の記憶を多少垣間見《かいまみ》たり、思い出話を聞いたりはしたが、レティシエルは未だにクリスタに対して何か特別な感情を抱くことができているわけではない。

　それでもクリスタの感情を聞いてスルーすることはできなかった。とりあえず一番無難な回答を選んでレティシエルは言葉を続ける。

「公爵家はこれで終わりだけど、人生はまだ続くわ。私は私の好きなように生きていくし、あなたもあなたが思うように生きれば良い」

「……そうかもしれませんね」

　レティシエルの言葉を聞きながら、クリスタはわずかに目を細めた。藤色の瞳は驚くほど凪《な》いでおり、そこから感情は読み取れない。

　やがてクリスタは目を閉じて息をつき、再び目を開けるとレティシエルの瞳をしっかりと見据える。

「……お姉さまは記憶喪失だったのですね」

ふとクリスタがそんな呟きを漏らした。それを聞いてレティシエルは小さく首をかしげる。

「それ、私話したことあったかしら？」

確かに『ドロッセル』の記憶がないから記憶喪失という形容は正しいのだが、レティシエルがそのことをクリスタに教えたことはないはずだ。

「……見えたのです。あのとき領邸で変な幻覚を見たときに」

どうやらレティシエルがクリスタの記憶をヴィジョンで垣間見たとき、クリスタもまたドロッセルの記憶を視《み》ていたらしい。

「妙なことがあるものですね……」

「……そうですね」

「そのヴィジョンで、あなたは何を見たのです？」

「……」

これはレティシエルの純粋な疑問だったのだが、クリスタはそれを聞いてだんまりを決め込んでしまった。

「…………忘れましたわ」

やがて長い長い沈黙を経てようやく、クリスタはそれだけ言うとプイと顔をそむけた。

何か機嫌を損ねるようなことを言っただろうか。

「……私、やっぱりお姉さまのことは嫌いですわ」

ポツリとそう呟くクリスタの表情は、しかしながら憑《つ》き物《もの》が落ちたような晴れ晴れとした微笑《ほほえ》みだった。

「そう？」

「ええ」

わだかまりが完全に解けたわけでも、双子の関係性が修復されたわけでもないが、それでもクリスタの中では何か決着がついたのだろう。

そのあとは特に別の話題が上るわけでもなく沈黙が続いたので、レティシエルはテントを離れた。

頭上を見上げると、早朝には灰色の雲に覆われていた空がほんの少しだけ晴れていた。青い空に薄灰色のヴェールがうっすらとかかり、ぼんやりとした光を地上に届けている。

「……」

なんとなくもうしばらく見ていたくて、レティシエルはその場に立ち尽くしたままただじっと空を眺め続ける。

一難去ってまた一難。分厚い雲が晴れてもなお、灰色をぬぐい切れないこの空は、まるで今の自分の心の内みたいだなとぼんやり思った。

＊＊＊

領地に行くと決意したあとの記憶はあいまいだった。

気づいたら領地の屋敷を踏んでいて、気づいたら片手に短剣を握りしめていて、そして気づいたら自分が突き出した刃が双子の姉に刺さっていた。

ドロッセルがいなくなったテントの中で、変わらずベッドに座りながらクリスタはぼんやりと虚空を見つめる。

『正しいも間違いもない、私は私の正義、あなたはあなたの正義を貫いた。それだけのことよ』

「……本当にお姉さまはズルい」

直前までの会話を思い出して、クリスタは思わずムッと眉を顰《ひそ》めてしまう。

十年前のあのとき、自分のほうからこちらを拒絶して、それからこちらを全く見向きもしなかったのに、こんなときに限ってそんな言葉をかけてくるなんて……。

そしてたったそれだけの言葉で心が軽くなっている自分にも腹が立つ。これでは結局いつまでも姉を追い越せないではないか。

「……」

あの日、ドロッセルがあんなことを言った理由は、未《いま》だ本人の口から聞けてはいない。

だけど領邸で見たあの奇妙なヴィジョンで、正直姉自身の言葉がなくても、なんとなく真意はわかってしまった。

『あなたと私は違うの。だからもう、近づいてこないで』

十何年もあの人を見てきて、その背中を追いかけてきたから、これが姉の記憶だとすぐにわかった。

最初は姉が何かしたのかと思ったが、彼女もまた目を見開いて茫然《ぼうぜん》としていたから多分違うのだろう。

クリスタの人生を変えることになったドロッセルの一言。ドロッセルの過去を映したそのヴィジョンには、クリスタが知らない物語の続きが記憶されていた。

『……ごめんなさい』

クリスタのもとを去り、一人になったドロッセルが足元を見つめながら呟いた、単純明快な答え。

拒絶が本意ではないこと、力の暴走で怪我《けが》をさせたのを悔いていたこと、自分は傍《そば》にいないほうがいいこと、そんな感情の波がクリスタの中へと流れ込んできた。

わかってしまえば簡単すぎることだ。自分はこんなことで十年もグダグダ悩んでいたのかとバカバカしくなってくる。

姉の物を動かす不思議な力のことを、知らないわけではない。でもそこまで思い悩んでいたなんて知らなかった。だってあの人は何も言わなかった。

記憶喪失のこともそう。垣間見たヴィジョンから、あの人が自分の名前すら忘れていたことを知った。そんな理由があったなら、人が変わったようになるはずである。

（……ところどころノイズがあってわからない記憶もあったけど）

最近の……記憶をなくした後の場面はほとんどがノイズの入ったものだったが、それでもあのヴィジョンが見せたのは、クリスタの知らない姉の姿だった。

本当は強くも完璧でもないのに、周りのことばっかり気にして全部自分で抱えようとするし、そのくせ不器用で優しい。

「……ほんっとに嫌なお人……！」

なんでも自分で思い込んで、他人の気持ちなんてちっとも考えてくれない。身勝手で独りよがりな双子の姉のことを考えると、やっぱり腹が立って仕方ない。

本人を前にしては言えなかった怒りや諸々《もろもろ》が今になって沸々と湧いてきて、クリスタはボフンと布団をかぶってふて寝するのだった。

＊＊＊

その日の夜遅く、レティシエルはローブを羽織って静かな野営地の周りを散歩していた。眠ろうにもなかなか寝付けないので、気分転換に歩こうと思ったのだ。

フィリアレギス家の悪事を止めて、ドロッセルの記憶をまた一部思い出し、クリスタとの確執もある程度解消できて喜ばしいはずなのに、レティシエルの心の靄《もや》は晴れない。

（……理由は、なんとなくわかってるんだけど）

一つは、あの二人組の修道士。かつてレティシエルの屋敷を襲撃した青年と同じ黒い霧の力を操る男と、発生する霧を吸収していた謎の人物。

男が使っていた能力には心当たりがあるが、以前屋敷を襲撃してきた青年の力とはまた少し違う。魔術をもってしても手も足も出なかった。

彼らが使っている力は何なのか、使用者によっていくつかパターンがあるのか、ならあの場にいた謎の人物は何のために存在しているのか。この地に伝わる『聖レティシエル伝説』も相まって事態はさらにややこしくなった気がする。

もう一つは、まさにレティシエルがドロッセルの記憶を思い出したことだった。

エーデルハルトとテントで対面したとき、『ドロッセル』としての意識が浮上したことを、自分の体が自分のものではなくなったあの瞬間を、レティシエルは今でも覚えている。

かつて思ったことがある。もしドロッセルの人格がいつか目覚めたとき、レティシエルとしての自我と記憶はどうなってしまうのかと。

その答えはまだ見つからない。でもその瞬間は確実に迫っている気がする。もし『ドロッセル』の覚醒の先にあるのが『レティシエル』の消滅なら、抱えた思い出もろとも自我が消えていく過程に、自分はどう向き合えばいいのだろう。

「……」

寒いわけでもないのに、レティシエルはギュッと両手で自分の体を抱きしめた。

「あ、お姉ちゃんいた」

「お姉さん発見！」

そうしてその辺を適当に歩いていると、どこからともなく聞き覚えのある幼い少年少女の声が聞こえてくる。

どこにいるのかと姿を探そうとしたが、直後に後ろから勢いよく何かがぶつかってきて、バランスを崩してレティシエルはそのまま地面に押し倒されてしまう。あれ？　こんな状況、前にもあったような……。

「ティーナとディト？」

「「せいかーい！」」

何とか起き上がって振り返ると、予想通りそこには双子の精霊王が手をつないでプカプカ浮いていた。ティーナの首元には守護霊獣キュウの姿もある。

「二人とも、ずいぶん久しぶり。元気そうね」

「私は元気よ」

「僕も元気だよ！」

つないでいないほうの手をそれぞれ頭上に掲げ、ティーナは無表情のまま目を輝かせ、ディトは満面の笑みを浮かべた。

そんな双子の様子に、ティーナの肩に乗っているキュウはこれ見よがしに大げさなため息をついてみせた。

「ふん、こんな人間のどこがいいのだ。まったく精霊王様には――……」

「キュウも久しぶり」

「我の名はキュウなどではない！　キュ……ハッ」

　クワッと牙をむき出しにするキュウ。だけど体のサイズがフェレットなのでどうにも迫力に欠けて怖くない。

　そして勢い余って語尾を言ってしまっているあたり、どうやらキュウは未だに『キュ』という語尾の修正はできていないらしい。

「でも人間界に来て平気なの？　またご両親に怒られるのは？」

　双子が人間界で人間と関わることに対して、二人の両親と思《おぼ》しき男女の精霊が怒り心頭だったことはまだ記憶に新しい。

（あの裏切り者みたいになりたいのか、なんてことも言っていたし……）

　母親精霊の説教文句から推測して、かつて精霊の中に人間と仲良くなって故郷を裏切った精霊がいたらしい。

　加えてティーナとディトは二百年ぶりにようやく生まれた光と無属性の精霊王でもあるようだし、こうしてレティシエルに会うことに、二人の両親は良い顔をしないのではないだろうか。

「大丈夫、今回は許可をもらってるわ」

「心配しないで！　今度はパパもママも良いって！」

　しかしそんなレティシエルの心配をよそに、ティーナとディトは空中をクルクル旋回しながらそう言った。

「あら、そうなの？」

「そうよ」

「そうだよ！」

「もしかして……黒い霧の調査かしら？」

最初にティーナとディトに出会ったとき、二人はルクレツィア学園でロシュフォードが解放してしまった黒い霧の調査に訪れていた。

今回も黒い霧の解放は恐らく起きていると思うので、二人は再びその調査を任されている可能性はある。

「ううん、違うわ。それはもう終わってるもの」

「違うよ！　お姉さんに用事があるんだよ！」

だがどうやらそれは外れらしい。レティシエルはますます首をかしげる。

「用事……？　私に？」

「そうよ。本当は調査に来たときに一緒に済ませられたらよかったのだけど」

「調査に来たのは一昨日だけど、ドロッセルお姉さん起きてなかったんだもん！」

レティシエルが目を覚ましたのは昨日の夕方だから、一昨日というと確かにまだ昏睡《こんすい》状態にあった。

（つまり……私があの男と戦ってから、たった一日か二日で精霊は霧のことに気づいたということ？）

精霊が魔素の流動や黒い霧の感知能力に優れていることは知っているが、その行動の速さにはレティシエルも驚きである。

「それはごめんね。それで、私に用事って何？」

そう訊《たず》ねると、ティーナとディトはおもむろにキュウのしっぽをつかむとズイッとレティシエルに差し出してきた。

「……？」

「おい、人間！　いいから我を受け取れっキュッ！」

しっぽをつかまれて宙ぶらりんの状態で、キュウはジタバタと暴れながら命令口調でそう言ってきた。相変わらず双子のキュウの扱いは雑のようだ。

『こんにちはー、人間さん、ボクの声聞こえてる？』

「!?」

キュウを抱きかかえると、急にどこからか男性の声が聞こえ、レティシエルは驚いて思わずキュウを落としそうになった。

『まぁ、これ事前に記録してるから聞こえなくてもボクらのほうでは対処できないんだけどね』

よく見ると、なんとキュウの黄色い瞳が爛々《らんらん》と発光していた。いったいどういう原理なのかと、レティシエルは脳内にハテナマークを無数に浮かべてジッとキュウの目を見る。

「おい、人間、貴様が我の目を見てどうする……キュ。早く我の目を虚空に向けるんだ……キュ」

「え？　虚空に向ける……？」

それは空中に向けるということだろうか。

何が何だかわからないまま、とりあえず言われるままレティシエルはキュウの体を反転させ、その顔を何もない空中に向けた。

『とりあえず、聞こえてる前提で話すから～』

するとキュウの目から放たれた光が空中に四角い光の幕を作り出し、そこに一人の男性の顔が映し出された。

「な……何、これ？」

「人間、ただの記録映像に何を呆《ほう》けておる……キュ。黙って話を聞きたまえ……キュ」

レティシエルに抱っこされているキュウが、そう言いながら後ろ足でレティシエルのお腹《なか》をポフッと蹴った。

（この人、確かこの間……）

映像に映る男性の顔には見覚えがあった。前に庭でレティシエルが遭遇した二人の精霊のうちの片方で、おそらくティーナとディトの父親だ。

（精霊がこんな技術を持っているなんて……映像の中で人が動いているわ）

知らず知らずのうちにポカンと口を開け、かつて前世でナオが教えてくれた『テレビ』という道具のことをぼんやり思い出す。

あれも、小さな箱の中でたくさんの人が動いている機械だとナオは言っていた。正直全くもって信じていなかったが、精霊のこの技術が存在するなら、あながち嘘《うそ》でもなかったかもしれない。

（キュウって、結局何者なのかしら……？）

守護霊獣であることは知っているが、ただ精霊王を守っているだけの存在とも思えない。ますますキュウの能力を不思議に思うレティシエルだった。

『今回、こうして君宛に記録映像を撮っているのは、別にボクの勝手な判断ではない。これは精霊界一同の決定だ』

そんなレティシエルの内心など構わず、映像の中で男性精霊はしゃべり続けている。

『君は不本意だろうけど、君の存在はこちら側にとっては無視できないほど重大なイレギュラーなんだ。昔にすでに滅んだ魔術を、どうして今になって君だけが使えるのか、ボクらはとても興味があるんだ』

「……？」

さりげなく発された男性のその言葉に、レティシエルはわずかに違和感を覚えた。

（……魔術の滅亡について、精霊は何か知ってるの？）

少なくとも男性の口ぶりからそんな気配が感じられた。でないと『すでに滅んだ』なんて断定の言葉は出てこないはずだ。

『そして君の周りでばかり黒い霧の発生が起きるわけも知りたい。もっとも、君自身そんな心当たりなんて全くないだろうけど』

　映像の向こうで男性は肩をすくめながらそう言った。

『ボクたちはずっと昔から黒い霧を追いかけ続けてきた。君はおそらく黒い霧の正体や、君が遭遇してきた未知の存在の正体が知りたいはずだ』

　微笑《ほほえ》みを浮かべながらそこまで話し終えると、男性はそこでいったん言葉を切り、スッと表情を消した。

『だからボクたちからの要求は簡単だ。我々精霊と協力する気はないかい？』

「……え？」

『君は自身が知ろうとしている真実に手が届くし、ボクらは黒い霧の背後にいる者への足がかりを得られる。今すぐ答えが欲しいわけではないし、詳しいことは実際に協定を結んでからでないと教えられないけど、悪い取引ではないはずだよ』

「……」

『それじゃあ、良い返事を期待してるよ～』

　ヒラヒラと手を振りながら言う男性を最後に、そこで映像はパッと空中からかき消えた。

　同時にキュウの目からも金色の発光が消え、レティシエルは長く息をつくととりあえずキュウを地面に下ろした。

　自身らの里を人間界から分離するほど人間を嫌っている今の精霊が、人間であるレティシエル相手にそんな提案をしてくるとは驚きだ。

「どうするの？　お姉ちゃん」

「伝言があるなら言ってね！　お姉さん」

そう聞いてくる双子の精霊王に、レティシエルはしばらく思案顔で俯《うつむ》くが、やがて宙に浮かぶ二人を見上げる。

「……少し考えさせてほしいと、伝えてもらえる？」

精霊が提示してきた取引は、正直に言えばかなり魅力的な話だ。

今回の領地の一件で力や不審な勢力の謎はさらに深まったが、情報不足が甚だしいこの状態で真相の解明に至るのは難しいだろう。

だから黒い霧についての情報を握っている精霊の協力はありがたいものである。でもレティシエルはその手を取れなかった。正確には今は取れそうになかった。

領地で明らかにされたドロッセルの記憶とトラウマ、それらはレティシエルの心を混乱させるに十分な威力を持っていた。今はまだ、自分自身の過去に潜む情報の整理をしたい。

「わかったわ」

「りょうかーい！」

レティシエルの言葉にティーナとディトはあっさりと頷《うなず》き、周囲に人がいないことをくまなく確認してから二人そろって夜空へ上昇していく。

「じゃあ、またね、ドロッセルお姉ちゃん」

「また遊びに来るよ！　ドロッセルお姉さん」

そう言ってレティシエルにバイバイと手を振って、ティーリとディトはキュウを連れて一直線に西の空へと消えていった。

そんな双子の精霊王の背中を、レティシエルは夜空に溶けて見えなくなるまでただじっと見送った。

# 終章　赤い星が見守る世界で

「こんなところで何をやっている、ジャクドー」

　ここはフィリアレギス公爵領のはずれ、ラピス國《こく》との国境線であるボレアリス山脈の中腹に広がる深い森の中にある開けた丘である。

　地面に胡坐《あぐら》をかいて座り、望遠鏡を片手に遠くを眺めているジャクドーの背後からミルグレインが声をかけた。

「なんでも～、ふもとの様子を見てただけだよ。ほら、あの跡地とかもう人が集まってる。みんな仕事早いね～」

　山のふもとに見える別荘跡地には篝火《かがりび》が灯《とも》され、何人かの兵士が夜遅くまで巡回して調査を続けている。ジャクドーは楽しげにそう言うと望遠鏡をしまう。

「白髪のお人形たちも連れていかれちゃったし、いいのかなぁー？」

「構わない。あんなのは即席で作った雑魚だ、敵の手に渡ったところで研究の足しにもならない」

「まぁね～。それよりご体調はどうですか？　修道士様」

「その呼び方はやめろ。そもそも俺は修道士でも何でもない」

「実質そうでしょ。聖女様は手をかざすだけのお飾りだし、『奇跡の力』はめちゃくちゃありがたがられてるし」

「計画を遂行するために必要な一過程にすぎない」

修道士だと言えば、この地の人間たちは一切疑うことなく彼らを受け入れた。こちらはただ勝手に聖女の名と、聖レティシエル教会の名を借りただけ。

物言わぬ聖女の護衛役かつ代弁者としていつも一緒に行動しているくせに、興味なげにそう答えるミルグレインはあくまで冷静である。

「だが、体調は問題ない。聖女が霧の瘴気《しょうき》を浄化してくれたからな」

「そっか」

茶色い片眼鏡の下に隠れた自身の赤い右目に触れ、ジャクドーは月のない空を仰いだ。今宵《こよい》は新月、月の代わりに赤い星だけが夜空で光を振りまいている。

白の結社が扱う力は、先天的に使える人間と後天的に使えるようになった人間がいる。ジャクドーは前者だが、ミルグレインは後者だ。

後天的に扱う人間には、かならず黒い霧の瘴気という副作用がついて回る。ミルグレインも当然例外ではなく、能力を使いすぎると瘴気に飲まれて正気を失《な》くしてしまう。実際、十一年前のスフィリア戦争で投入した兵は制御が極めて困難だった。

しかし瘴気を浄化できる聖女の登場により、その問題は事実上解決した。どれだけ瘴気が溜《た》まっていても、聖女に集約してしまえばまたいくらでも術を使えるのだから。

「聖女の浄化拡散が終わった。マスターが呼んでる」

「あぁ、終わったんだ。はいはーい」

立ちあがってマントについた土を払い、ジャクドーはミルグレインと一緒に丘を下る。

丘を下っていくと再び周囲は深い森に包まれていき、しばらく歩くと森の先にひび割れた石レンガの塔が見えてきた。

かつては国境を守る砦《とりで》として機能していたらしいが、今は別の場所にその役目が移ったため遺棄された場所だ。

「ただいま戻りました」

塔の中に足を踏み入れ、ぼんやりと明るくなっている部屋の奥に向かってミルグレインは声を上げる。

「……あぁ」

少し高めの男性の声が返ってくる。部屋の奥には仮面とローブ姿の少年と、彼の傍らに石の祭壇が一つ。

祭壇には白いローブを身にまとった少女が横になっている。顔はかぶっているフードから下がる垂れ布に隠され、その体は淡く光を放っていた。

「この発光……クールタイムですか？」

「あぁ」

力の後天的使い手の副作用である霧の瘴気を浄化するのが聖女の役目だが、聖遺物を解放した際に発生する瘴気も浄化することができる。

さらに浄化した瘴気を周囲一帯に拡散させ、霧の発生を誤魔化したり、発生の中心地を曖昧にしたり、この場に残る呪術の痕跡を極力隠滅するための仕組みが、浄化拡散である。

そしてこの聖女は、自身が浄化しきれる最大の量の瘴気を浄化すると、このように肉体が発光して半日ほど昏睡《こんすい》する。その間、もちろん浄化活動は行えない。

「これで少しは精霊の追尾をまけるでしょうか？」

「あいつらも阿呆《あほう》ではない。時間稼ぎにしかならないだろう」

確かに、かつてルクレツィア学園で第一王子を媒体に黒い霧を解放したときも聖女の浄化拡散は行っていたが、精霊は一日もかからずに霧の発生と中心地をかぎつけていた。

「それより精霊の動向に注意を払え。あいつら、最近静かすぎる。何か企《たくら》んでいるのかもしれない」

「かしこまりました。ところで、聖女の具合はいかがですか？」

「性能としては問題ない。瘴気の最大容量を上げれば、呪術兵の大量運用も不可能ではないかもしれない」

祭壇に横たわり、光り輝いている聖女に顔を向け、少年は言葉を続ける。

「だが、このクールタイムの長さが致命的だ。一回一回の浄化の間を半日も空けなければならないのは効率が悪い。ミルグレイン、引き続き聖女を連れて王国北部を練り歩け、能力を使わせ続けろ」

「全てはマスターの仰せのままに」

仮面の少年の指示に、ミルグレインはしかと頷くと恭しく頭を下げた。

「ねえ、ダンナ。ちょっと聞きたいことがあるんですけど〜」

いつものように用が済めばすぐに立ち去ろうとする仮面の少年だったが、建物に入って以降ずっと黙っていたジャクドーが、その背中に声をかけた。

「……なんだ？」

「なんで、ドロッセルをわざわざあの場所に呼び寄せたんですか？」

そう訊《たず》ねるジャクドーの顔にはいつものへらりとした笑みが浮かんでいたが、少年を見る視線は笑っていない。

「俺たちの目的は、この場所で反乱を起こして目くらましをすることだけでしたよね？

あの男に黒い霧を解放させて、それを俺が所定のポイントに打ち込む。それだけだった。

ドロッセルの記憶を引きずり出す必要なんてなかった」

ジャクドーの話を聞きながら、しかし少年はこちらに背を向けたままだった。

「二年前みたいに、あの子に直接干渉するためならまだわかりますよ。そもそも、二年前の接触を提案したのは俺ですし」

サリーニャと協力関係を築いて、双子の誕生会が行われた夜に少年を伴って出向いたのはジャクドーなのだ。

「ドロッセルは極めてイレギュラーな個体。全く魔力がないあの体に、あの赤い瞳が宿るはずがない。だからダンナはあの子で呪術の新しい研究を行おうとしましたよね。痛烈な反撃を受けちゃいましたけど」

「……」

少年は黙ったまま何も答えないが、その肩が一瞬だけ小さく動いたことをジャクドーは見逃さなかった。

今から二年前、魔力なしであるにもかかわらず赤い瞳……呪術を制御するうえで必要不可欠な結晶体を持つドロッセルに、少年は黒い霧を直接入れることで新たな能力覚醒を促そうとした。

しかし覚醒は失敗。ドロッセルの中で黒い霧への拒絶反応が起きたのだ。その結果放たれた無属性の浄化魔術を浴び、少年が二年もの間活動を停止せざるを得ないほど深刻なダメージを受けたことは、忘れたくとも忘れられない。

「だけど今回、ダンナはあの子に一切手出ししませんでしたよね？　それはなぜです？　多く関われば、それだけあの子に情報を渡すことになるって、ダンナがわからないはずないですよね？」

「……」

少年はクルリとジャクドーを振り返る。鈍く光る銀色の仮面が少年の表情を隠し、その仮面の下で彼がどんな顔をしているのか、どんな感情を抱いているのか全くわからない。

「……貴様にはわかるまい」

仮面の下から聞こえるくぐもった少年の声は、いつものそれより少しだけ低いように感じられた。

「今回、あの女の記憶を蘇《よみがえ》らせたことで奴《やつ》も混乱して戦闘を続けるどころではなくなった。我々の計画の邪魔をしないよう仕組んだにすぎない」

「へぇ、本当にそれが目的なんですか？」

「あぁ、それだけだ」

「ふーん、あっそ～。どこまでが偶然なんですかね？」

「……」

ジャクドーの言葉を無視して、仮面の少年は振り返りもせずまっすぐ建物の外へと消えていった。

「……マスターは何か気に病んでおられるのか？」

その後ろ姿を見送りながら、ミルグレインはどこか不安げな表情を浮かべて小さく呟《つぶや》いた。

「なんでそう思うの？」

「……あの娘のこととなると、マスターはいつも口数が減ってしまわれているような気がする……」

「まぁ、あの子はダンナのお気に入りだしね」

少年がずっと誰かを捜していたことはジャクドーも知っている。長い年月の果てにようやく見つけた捜し人なのだから、神経質になっていても不思議ではない。

「それに……どうせ何か思い出してほしいことでもあるんじゃない？　あの子の中にいるお姫様にさ」

ジャクドーと少年の付き合いはかなり長い。だから少年がドロッセルの……正確にはその中にいる誰かに執着していることも何となくわかっている。

なぜ少年がそこまであの少女にこだわるのかさっぱり理解はできないし、さっき少年自身はああ言っていたが、計画にない行動をこちらに指示したのも少年の個人的な目的のためなのだろうとジャクドーは予想していた。

その目的とやらが何なのかは、全く想像もつかないが。

「……？　どういうことだ？」

「さぁね～」

「教えろ」

「いやいや、そこは本人に聞くのがフェアだって～」

怪訝《けげん》そうな表情で詰め寄ってくるミルグレインをジャクドーはのらりくらりとかわす。

今のはどうせ全部ジャクドーの勝手な考えだし、話したところで少年に絶対的忠誠を誓っているミルグレインは信じないだろう。

「……なぜこんな奴をマスターはお傍《そば》に置いているんだ」

ヘラヘラと適当なことしか言わないジャクドーを、ミルグレインは忌々しそうな目で睨《にら》みつけた。

「そうは言っても、俺とダンナがものすっっっごい長い付き合いなのは本当だしね」

「…………」

「あ、ミルくん、もしかして拗《す》ねてる？　そういや今回も真似てわざわざ仮面なんてつけてたしね。意外とかわいいとこ——……」

「黙れ」

「いてっ！」

ニヤニヤとからかうようなことを口にした瞬間、ジャクドーの脳天にミルグレインの手痛い一撃が叩《たた》き込まれる。

そのままミルグレインはスタスタと建物から出ていく。一人残されたジャクドーは、仕方ないなぁ、と肩をすくめて笑った。

＊＊＊

王都郊外のウェルデの離宮では、一人の使用人がロシュフォードの部屋の扉をノックしていた。

「……入れ」

中からロシュフォードのくぐもった声が聞こえ、使用人は扉を開けるとそっと部屋の中に入る。

部屋の奥に置かれている大きなベッドの真ん中が奇妙に盛り上がっていた。明かりが消えた室内にロシュフォードの姿も見えないし、どうやら布団を頭からかぶってベッドに潜り込んでいるらしい。

「失礼いたします、殿下。お薬をお持ちしました」

そう声をかける使用人。彼は手に粉薬が入った袋と水差しの載ったお盆を持っていた。

数日前に目を覚ましたロシュフォードだが、それからずっと強い頭痛に襲われていて、ほとんどベッドからは起き上がることができずにいた。

そのためこうして日々使用人が薬を部屋に持っていき、ベッドに横たわるロシュフォードに直接薬を飲ませる必要があるのだ。

「……そこに置いておいてくれ」

しかしその夜、いつもは痛みのあまりすぐにでも薬を飲もうとするロシュフォードから意外な一言が告げられた。

「え……しかし、お体の具合は大丈夫なのですか？」

「今は調子がいいんだ。後で飲むからそこに置いておいてくれ」

ここ数日のロシュフォードの様子を知っている使用人は心配そうだったが、ロシュフォードは顔を見せないままそう言って聞かない。

「……そうですか。ではこちらに薬を置いていきますので、あとでお飲みください」

継承権を失《な》くしていても王族であることは変わらない。本人がそう言う以上強くも言い出せない使用人は、おとなしく枕元のベッドテーブルにお盆を置いた。

「それでは失礼いたします」

「……」

去り際に使用人が声をかけても、ロシュフォードは返事もしなかった。なんだか今日はいつもと様子が違う気がするが、何か事情があるのかもしれないし、使用人はそれ以上深く追及せずに部屋を去った。

使用人が部屋から出ていき、扉が完全に閉められると部屋の中は再び暗闇に戻った。

足音が完全に聞こえなくなると、ロシュフォードはかぶっていた布団を外し、そのままベッドから降りる。

「……」

枕元に置いてある薬も飲まず、しばらくベッド脇で立ち尽くしていたロシュフォードだが、やがて何かに導かれるように窓辺へと向かう。

窓にかかっているベルベットの赤いカーテンは、夜になっている今は閉め切られている。そのカーテンに手をかけ、ロシュフォードはそれをそっと左右に開いた。

王都から離れたこの場所の近くには明かりを灯《とも》す家々もなく、夜空に光る星がよく見える。

空一面の星に交じって、ひときわ大きく輝く赤い星があった。月が見えない新月の夜、南の空に浮かぶその禍々《まがまが》しい真紅は、見る者の視線を捉えて離さない存在感があった。

「……」

何も言わず、ロシュフォードはただじっと赤い星を見上げる。

赤い星の瞬きに合わせて、星を映すその瞳はまるで自ら光を放っているように夜闇の中爛々《らんらん》と赤く光り輝いていた。

# あとがき

この度は『王女殿下はお怒りのようです』四巻を手に取っていただき、ありがとうございます。八《や》ツ橋《はしこう》皓です。

レティシエルの物語も第四巻までやってまいりました。

WEBで小説を書き始めた頃は、こうして書籍版がシリーズとして刊行でき、さらにコミカライズまでしていただけるとは夢にも思っていませんでした……。

これも全て読者の皆様の応援があってこそ。本当にいつもありがとうございます。

今巻では、ドロッセルの過去とフィリアレギス公爵家の背景を紐解《ひもと》いていますが、これまでとは違って次々と押し寄せてくるドロッセルの記憶に振り回されるレティシエルの心情の移り変わりに焦点を当てています。

そして、今巻からはキャラクター紹介のページを作成していただけました。

登場人物の一覧なしでここまで読み進めてくださった読者の皆様にはご不便をおかけして申し訳ない気持ちでいっぱいです。お待たせしてすみません……！

今巻で特に重要なキャラクターだけに絞って紹介しています。（それでも大分多いのですが……）

次巻で作品として一区切りがついて、王国内の話がメインだった物語の第一部が終了します。

領地での戦いを終えて、第二部からは名前だけの登場だった隣国・イーリス帝国とラピス國《こく》も本格的に登場します。

白の結社や精霊の思惑も物語にかかわってきますので、楽しみにしていただけたら幸いです。

最後に、担当編集Y様並びに拙著の出版に関わってくださった全ての方々、イラストを描いてくださる凪白《なぎしろ》みと様、コミカライズをご担当いただいている四つ葉ねこ様、そしてこの本をお手に取ってくださった読者の皆様に心から感謝を申し上げます。

それでは、また次巻でお会いできることを祈っております。

八ツ橋　皓

OVERLAP

# 王女殿下はお怒りのようです
## 4. 交錯する記憶

発　　行　2020年4月25日　初版第一刷発行

著　　者　八ツ橋 皓
発 行 者　永田勝治
発 行 所　株式会社オーバーラップ
〒141-0031　東京都品川区西五反田7-9-5
校正・DTP　株式会社鷗来堂
印刷・製本　大日本印刷株式会社


Printed in Japan ISBN 978-4-86554-642-2 C0193

オーバーラップ文庫
――そして、少年は〝最強〟を超える。
ありふれた職業で世界最強
ARIFURETA SHOKUGYOU DE SEKAISAIKYOU
WEB上で絶大な人気を誇る
“最強”異世界ファンタジーが書籍化!
クラスメイトと共に異世界へ召喚された“いじめられっ子”の南雲ハジメは、戦闘向きのチート能力を発現する級友とは裏腹に、「錬成師」という地味な能力を手に入れる。異世界でも最弱の彼は、脱出方法が見つからない迷宮の奈落で吸血鬼のユエと出会い、最強へ至る道を見つけ――!?
著 白米 良　イラスト たかやKi
シリーズ好評発売中!!

オーバーラップ文庫
『大迷宮』の
ルーツが明かされる
外伝、始動!!
ありふれた職業で世界最強 零
ARIFURETA SHOKUGYOU DE SEKAISAIKYOU ZERO
[——これは、“ハジメ”に至る零の系譜]
“負け犬”の錬成師オスカー・オルクスはある日、神に抗う旅をしているというミレディ・ライセンと出会う。旅の誘いを断るオスカーだったが、予期せぬ事件が発生し……!? これは“ハジメ”に至る零の系譜。『ありふれた職業で世界最強』外伝がここに幕を開ける!
著 白米 良 イラスト たかやKi
シリーズ好評発売中!!

オーバーラップ文庫
現実主義勇者の王国再建記
Re:CONSTRUCTION THE ELFRIEDEN KINGDOM TALES OF REALISTIC BRAVE
［この国を作るのは「俺だ」］
「おお、勇者よ!」そんなお約束の言葉と共に、異世界に召喚された相馬一也の剣と魔法の冒険は――始まらなかった。なんとソーマの献策に感銘を受けた国王からいきなり王位を譲られてしまい、さらにその娘が婚約者になって……!?こうしてソーマは冒険に出ることもなく、王様として国家再建にいそしむ日々を送ることに。革新的な国家再建ファンタジー、ここに開幕!
著 どぜう丸　イラスト 冬ゆき
シリーズ好評発売中!!

オーバーラップ文庫
生まれ変わった《剣聖》は楽をしたい
伝説の名の下に
天才少女を導き、護れ――！
歴代最年少の騎士であり、伝説の《剣聖》の生まれ変わりのアルタ・シュヴァイツ。次期国王候補である《剣聖姫》の少女イリス・ラインフェルの護衛として学園に派遣されるが、「私と本気で戦ってください」護衛するはずのイリスから突然戦いを挑まれてしまい――!?
著 笹 塔五郎　イラスト あれっくす
シリーズ好評発売中!!